新說 狼與辛香料

狼與羊皮紙 4

支倉凍砂
Isuna Hasekura

Illustration
文倉 十
Jyuu Ayakura

賢狼與旅行商人的女兒
繆里

立志從事聖職的青年
寇爾
「妳說誰是狗啊，臭雞！」
繆里露出獸耳獸尾罵回去，
而夏瓏高挺著胸，不可一世地俯視我們。
繆里的尾巴跟著膨起來，
我趕緊介入她們之間。
「教會的狗，是指異端審訊官嗎？」
夏瓏膨起羽毛，嘆息似的顫動。

「我聽過好多您的事蹟啊！
不過那種傳聞還比不上
我拿到俗文譯本草稿抄本那時候，
簡直就像終於重見光明一樣！
這就是我們未來司牧的方法！」
小教區的助理祭司
克拉克・柯曼達

勞茲本徵稅員公會副會長
艾莉茲・夏瓏

「這位客人，黎明樞機回來了。」
溫菲爾王國貴族
海蘭

連神也不怕的女商人
伊弗·波倫
「好久不見啦，寇爾。」

Contents

[redacted]

新說　狼與辛香料

狼與羊皮紙 4

Kadokawa Fantastic Novels

WORLD MAP
凱森
多蘭平原
阿蒂夫
樂耶夫山
約伊茲
紐希拉
樂耶夫河
堂斯格
凱爾貝
伊克
斯威奈爾
雷斯可
托爾金
羅姆河
雷諾斯
普羅亞尼國
特列歐
恩貝爾
N
W
E
S
卡梅爾森
拉姆特拉
崔尼國
波羅遜
留賓海根
帕茲歐
約連
斯拉烏德河
帕斯羅

地圖繪製／出光秀匡

序幕

『我們原本要從北方群島搭船到溫菲爾王國的第二大城港都勞茲本，不過中途遭遇暴風雨，先到另一個港都迪薩列夫避難。在那裡，我們目睹了關於大教堂之寶的不法勾當。經過一番曲折，在當地認識的羊之化身伊蕾妮雅小姐協助我們解決了這次事件……目前旅途一路順遂，請別為我們擔心。托特·寇爾敬上。』

「呼……」

我放下筆，在桌前喘口氣。敞開的木窗另一邊，是染上整片夕陽紅的街景。可能春意已濃，夜晚沒那麼冷了的緣故，鎮上頗為熱鬧。

重看一次剛寫完的信之後，感覺有點敷衍。想寫得更詳細一點，卻又提不起筆。

信是要寄給我的恩人羅倫斯與其妻子赫蘿。羅倫斯以前是旅行商人，在我小時候當流浪學生而用盡盤纏，人生頓失方向時收留了我，如今是在北方的溫泉鄉紐希拉經營溫泉旅館「狼與辛香料亭」。跟隨他的我也在那裡工作了約十年，最後因為無法捨棄成為聖職人員的夢想，毅然投入了疾呼改革教會的山下塵世之中。此後，每當旅程告一段落就會捎個信回去報告近況，不過寫這封信時，良心的苛責比過去重了一點——不，是重很多。

因為——

「大～哥哥！」

門沒敲過就掀開，少女的聲音活潑地衝進來。

接著是一段輕快的腳步聲，有人從背後抱住坐在椅子上的我。

「喂喂喂，外面已經是過節的氣氛了啦！趕快走嘛！」

少女咯咯笑著用摟脖子的手把我整個人晃來晃去。

「走了啦，大哥哥！」

這個親暱地叫我大哥哥的女孩，是恩人羅倫斯和赫蘿的獨生女繆里，也是我寫信寫得這麼苦惱的原因。

她那頭摻了銀粉般的奇妙灰色長髮是遺傳自父親，泛紅的美麗眼睛和長相則是來自母親。明明有楚楚可憐的貴族千金外表，但不知是因為年紀小還是生來就頑皮，很適合男孩子氣的裝扮。現在她穿得活像鎮上工坊的小夥計，頭髮也亂糟糟地盤起，完全就是個男孩子……這時我才想到一個問題。

「繆里，妳怎麼穿成這樣？」

平時的她不會穿得這麼樸實，都是穿對於矢志當聖職人員，自認是她兄長的我來說很不成體統的衣服。

「還問咧，因為人家說祭典下半女生不能跟啊。」

祭典一詞，讓我明白窗外為何如此熱鬧。

可是我對繆里的話仍有疑問。

「……那妳扮成男生是想在祭典上做什麼？」

「咦，那還用問嗎？當然是要幫忙扛鐵魚爬過兩邊堆滿柴火的坡道到海角去啊。對了，人家有託我來請你去喔。」

「我也要……？」

我不禁反問，而繆里睜大眼睛說：

「這不是當然的嗎！鎮上是因為你才能辦這個好幾年沒辦的祭典耶！要是你不去露個臉多沒禮貌啊！」

現在我們所逗留的港都迪薩列夫有個知名的祭典，會在城鎮通往海角的坡道兩旁堆起一連串柴火，讓人們扛著魚模型沿路前往海角上的大教堂表示升天。在教會的教誨廣傳於世的現代，這個因漁業興盛而來的古代殘片也依然留存至今。

然而這幾年，那卻因為王國與教會的對立加劇而中止了。

主持祭典的大教堂已經閉門三年，大主教甚至捲款潛逃，將聖務全推給因為長相相似而經常當他替身的牧羊人，且大教堂寶物遭盜賣的問題浮上檯面……而我們就是在這時候來到這裡。

最後我們是在大約十天前發現盜賣寶物的犯人。事情解決至今的這段時間，原本是牧羊人的假主教受到信仰的感召，他宣稱自己就是大主教，提議與鎮民和解。

教會與鎮民和解固然是件美事，但是在這個王國與教會正面衝突的狀況下，我擔心不會順利。況且自稱大主教的牧羊人不只是個冒牌貨，他還要向鎮民公布這件事。

但結果非常驚人。

鎮民其實早在幾年前就知道他頂替大主教的事，而且這個冒牌貨還因為比較認真而討人喜歡，會議順利得令人不敢置信，甚至不需要我幫他講情。這位前牧羊人已經因為自己的品德而備受敬重，鎮民也不會無緣無故憎恨教會的相關人士。

鎮上的低階祭司注意到這件事，也敞開各自禮拜堂的門扉，接受百姓。就這樣，神的祝福睽違幾年後重新降臨了溫菲爾王國的城鎮。

看似無法修復的紛爭，只要兩邊都願意走向彼此，往往能輕易解決。這就是個很好的例子。當然，即使鎮民願意和大教堂和解，要談的事還是像山一樣多，畢竟教會總部可能不承認這場和解。在這種時候，人們第一個談的卻是停辦好幾年的祭典，可見他們這幾年的生活有多麼苦悶。得知這提議立刻獲得一致通過，是四天前的事。

從這一連串經過看下來，迪薩列夫能找回信仰可說是鎮民自身採取行動的結果，完全不是我的功勞。

可是滔滔不絕地解釋了這麼多，繆里不僅沒有誇我謙虛，嘴巴反而歪了。

「大哥哥你老是在說這種鬼話！人家要感謝你，哪有不誠心接受的道理啊！呃，啊～！」

繆里在我耳邊大叫並抓走桌上的信。

「討厭啦，你又在寫給爹的信上說謊！」

我的心噗通一跳。

「我、我哪有說謊。」

說話速度不禁快了很多。繆里眼皮半沉地瞪著我看。

「怎麼只有寫到伊蕾妮雅姊姊的事，我們的大冒險一個字都沒提啊？多寫一點啦！人家難得大顯身手耶！」

「還大冒險咧……這種事我怎麼敢寫……」

繆里是我大恩人夫婦的獨生女，卻跟著我旅行而好幾次捲入危及性命的事件。要是一五一十全都寫在信上，不曉得她父親羅倫斯會擔心成什麼樣。所以我每次都盡可能避重就輕，省得害人乾著急。

不過我也很苦惱，怕這真的像繆里說的那樣是在說謊。如果真的是為羅倫斯他們著想，是不是應該實話實說，讓擔心女兒的雙親了解事實呢？

想歸想，我怎麼也下不了筆。

一方面是因為我很懷疑讓羅倫斯他們操不必要的心是否正確。

而另一個原因……

正用她的紅眼睛盯著我看。

「還有，你都沒寫到我們的事。」

「咦？」

反問之後，繆里頭上傳來蝴蝶振翅的聲響，背後還有大把毛皮甩動的聲音。

回頭一看，她的狼耳狼尾都長出來了。

「例如你對我說如果把我當情人就改用其他稱呼，不要叫你大哥哥之類的。」

「咳呼！」

我咳出怪聲。「咳咳、咳咳！」嗆得連咳不止。我是當自己在和沒有血緣的妹妹單獨旅行，但只有我這麼以為，繆里並不會為了那種半吊子的理由跟我下山。不知是狼性使然，還是這年紀的少女特別堅持己見，這一路上她想方設法要逼我就範。

老實說，我實在沒辦法把這些細節寫給在紐希拉擔心女兒安危的父親羅倫斯看。

「繆、繆里！」

「話是你自己說的耶？可是呢……那個……我也改不了就是了。」

繆里表情十分遺憾地將下巴壓在我肩上。

她說她把我當異性來愛，但我根本就無法想像自己和繆里成為情侶的樣子。再說叫情人大哥哥，擺明是一件很奇怪的事，而我也無法想像繆里用「大哥哥」以外的方式稱呼我。

所以我問她，要是我們真的變成情侶，她要怎麼稱呼我。結果她忸怩了半天，還是只能叫我大哥哥。習慣的力量就是這麼強大。況且我是從她剛出生就開始照顧她，一時要我別當她是妹妹而是當女性來看，根本就不可能。

不過繆里當然不會這樣就死心。

「好啦，那個歸那個。還可以寫我和大哥哥在同一條被子下面過了火熱的一夜什麼的。」

身體扭來扭去，是因為她覺得自己在開黃腔吧。這份童真的確是無與倫比地可愛，可是想賣弄風騷還差得遠了呢。

我要冷靜、冷淡地回答。

「是火熱的一夜沒錯。因為我們被人關在狹小的房間裡放火燒了嘛。」

「可以說是轟轟烈烈的戀愛吧？」

我對嗤嗤笑的繆里嘆氣說：

「無論如何，我都不能寫。」

「討厭～大哥哥太害羞了啦～」

身材連挑逗人都不行的繆里搖著尾巴蹭我臉頰。她天真無邪得像畫裡走出來的一樣，這麼可愛的妹妹其他地方可找不到。「奇怪？」在我揉著眉心發愁時，繆里小聲說：

「大哥哥大哥哥，你怎麼沒寫西海盡頭的事？」

那不是調侃或開玩笑的口吻。

繆里說的西海盡頭，是日前和我們一起追查盜寶犯人的羊之化身伊蕾妮雅告訴我們的。

她說只要不停往西方航行，就會遇到新大陸，而且她還有在那裡為非人之人建立國度的雄心壯志。

「大海盡頭有大陸的事，也告訴娘比較好吧？」

「這個嘛……」

繆里的母親赫蘿有賢狼之稱，已經在這世上活了數百年。由於外表總是那麼年輕，很難留在一個地方長期生活。她更近似古代的精靈，比能夠隱藏狼耳狼尾的繆里更難在人世生活，說不定新大陸會適合她。

但我還是覺得別說的好。

「要是告訴她西海盡頭的事，哪天被羅倫斯先生知道了，妳想會發生什麼事？」

繆里愣了一下，歪起頭問：

「被爹知道會怎樣？」

「以羅倫斯先生那樣的人來說，很可能會為了赫蘿小姐賭上一切，甚至組織船隊長征西方盡頭吧？」

「啊……」

赫蘿和羅倫斯這對夫妻的感情在紐希拉是出名的好，不過在女兒眼中可能會很受不了。

「赫蘿小姐喜歡安靜生活，可是羅倫斯先生在冒險的時候很容易做些危險的事吧？」

——雖然覺得自己沒什麼資格說人家。此時繆里甩了甩狼耳。

「是啊，所以娘也常說一定要把雄大笨驢的韁繩牢牢牽好。」

說完，繆里用力勒住我的脖子。

我就先不去猜那是什麼意思了。

「所以要是在信上寫大海盡頭有大陸的事，恐怕會對赫蘿小姐造成不必要的困擾。她罵我幹麼亂說那種事的樣子……妳也想像得出來吧？」

繆里不敢領教地苦笑。

「可以，非常可以。」

「所以啦，現在先別說出去。等到時機成熟以後再說也不遲。」

與赫蘿的壽命相比，與羅倫斯共度的日子不過是一眨眼的事。我不想破壞這段寶貴的時光。

「嘿嘿嘿，那這件事就是我跟大哥哥的祕密嘍。」

「咦……？」

「不能告訴爹他們的事愈來愈多了呢，大哥哥？」

光從字面來看很見不得人，讓繆里樂不可支。
我無奈陪笑，抓住她的手腕像門環一樣輕晃。
「少說些蠢話，我們快走吧。」
「嗯？去哪？」
「還問咧。」
我對真的傻住的繆里笑了笑，站起身來。
「當然是祭典啊？天就快黑了，聽說祭典是入夜就要開始了呢。」
「啊！我都忘了！對呀，要早點去！」
「好好好。」
繆里牽起我的手，要把我拖出門。
寫給赫蘿和羅倫斯的信還攤在桌上。
字裡行間是算不上誠實，但投注我全心全意的體貼。
現在的我，只能相信這樣即是最好。
「大哥哥？」
「啊，不好意思。對了，這個祭典很花體力吧，先找個攤子吃點東西怎麼樣？」
「咦？可以、可以吃肉嗎！」

比起女人味，她更重視食慾。

希望她早點長大的同時，卻也覺得保持這樣也不錯。

「不要吃太多喔。」

「好～！」

跟眼睛發亮的繆里叮囑這種事也沒用。我不禁苦笑。

再說並不是只有責備才有用。

「大哥哥快點快點！」

她似乎覺得拉手不夠，整個人挽著我的手臂拉。

黃昏的街道比白天更多人，熱鬧非凡。

「大哥哥，這邊這邊！」

任憑繆里拉扯的我連聲答是。

我還是更想作繆里的哥哥，而不是情人。

逛過幾間攤販，得到三根串燒而臉上堆滿笑容的繆里，讓人忍不住發笑。

「祭典好棒喔，大哥哥！」

繆里的天真照得我瞇起眼點點頭。

第一幕

迪薩列夫舉城歡騰的祭典結束後幾天。

天還沒亮，我就在繆里帶領下悄悄離開德堡商行給我們借住的房間。穿旅裝背行囊的我，躡手躡腳地穿過走廊。繆里查看周圍狀況，指出會嘎吱作響的地板跨過去，即使四周漆黑一片，也毫不遲疑地在複雜的會館中前進。最後橫越見習小夥計過夜用的卸貨場，總算是瞞著所有人來到了街道上。

轉過頭，在迪薩列夫滯留期間照顧我們的德堡商行會館，靜靜地佇立在黑暗中。

我應該知會的館長不在這裡。由於他也是盜賣大教堂寶物的犯人之一，德堡商行的大幹部希爾德帶他回總行處置了。

因此，或許有點薄情吧，我只是在房裡留了一封感謝函，並說我們要繼續旅行而已。

「成功逃脫了呢。」

繆里平常在這時候總是睡得怎麼搖怎麼拍都不會醒，現在眼裡卻星光燦爛。每次說話都會有白煙從虎牙醒目的嘴裡冒出來，是因為迪薩列夫在這個冬季結束的時候，會有來自大陸的潮溼暖空氣流進來的緣故。

這實在很有氣氛，讓熱愛冒險故事的繆里過癮極了。

「就這樣不告而別，我還是有點難過。」

「說我們要繼續旅行的話，一定會有很多人來送我們，給我們很多東西吧。真可惜。」

「我就是不想要那樣嘛。」

我感嘆地這麼說，而繆里卻是「嗯～？」的反應，好像不太理解。

在這座城鎮，人們稱我為黎明樞機。

王國與教會對立，使得教會之火在王國熄滅了好多年。而一個流浪的聖職人員在這樣的膠著狀態下粉墨登場，帶來信仰的曙光照亮人群。

而這個人就是我。實在是太誇張了。

因為我不過是一介神的僕人，而且根本不是正式的聖職人員。

「我是覺得大哥哥可以不用那麼謙卑啦。」

「不管怎麼看，那都實在太過獎了，而且我個性就是這樣嘛。」

聖經上說謙虛是種美德，而我也認為自己應該如此，不過我單純只是不善於面對群眾而已。人家滿目尊崇地叫我黎明樞機大人，總會讓不認為自己有那麼偉大的我覺得做了天大的壞事。

「好啦，我也不想看到鎮上的美女來送行的時候又是獻花又是親親的。」

繆里像是盡全力打腫了臉這麼說。

雖然她有事沒事就笑我呆啊傻啊有的沒的，但還是會怕我因為一點小動作就被人搶走，這方面也相當可愛。

「否則大哥哥一定會滿臉通紅，慌張到我都替你丟臉。」

收回前言。然而我也無法反駁，真可恨。

「真的受不了妳耶……」

「嗯哼哼。可是我還是很愛這樣的大哥哥喔？」

「……好好好，謝謝妳的抬愛。」

「討厭啦！我是說真的！」

我們如此抬槓著走過破曉前氤氳的街道，前往碼頭。

到了海潮香搔弄鼻腔的時候。

在漁船都已出港，到處都點起篝火但一片空蕩的港邊。

有個孤零零的人影。

「啊，伊蕾妮雅姊姊！」

繆里跑過去撲向人影。從霧靄中現身的伊蕾妮雅比繆里略高，特徵是那頭烏黑蓬鬆的頭髮。

她也是一身旅裝，一旁擺著大大的行李。

「伊蕾妮雅姊姊也要一起來吧？」

聽繆里這麼問，伊蕾妮雅尷尬地笑。

「呃……」
「繆里，不要為難人家。」
「咦……」
伊蕾妮雅是羊的化身，並利用這點經銷羊毛。一身旅裝，是準備到內陸批購羊毛。她說在動作比較快的地方，已經開始剃春季羊毛了。
「繆里小姐，我們很快就能再會的啦。」
「真的？」
「當然是真的呀。」
相較於像個瘦小男生的繆里，伊蕾妮雅就充滿了女性的柔美。她擁抱繆里，讓她在懷裡撒嬌的樣子實在很溫馨。
可是在前幾天那場事件中，我了解到伊蕾妮雅不是外表那麼溫順的羊。
她是一頭「披著羊皮的羊」。
「等伊蕾妮雅姊姊要到西海盡頭去的時候，我也會來幫忙喔。」
「呵呵。當然歡迎妳來，等妳喔。」
伊蕾妮雅是十分認真地在追逐這個任何夢想家都會退縮的夢。
她要在據說位於西方盡頭的新大陸，建立非人之人的國度。

繆里這匹狼能毫不介意地向伊蕾妮雅這頭羊撒嬌，肯定是因為明白她的力量。其實繆里認為她比自己更強呢。

同時伊蕾妮雅也是繆里第一個非人之人的朋友。

「兩位接下來要到勞茲本去吧？」

「對，那裡有個我們必須要見的人。」

我們現在的雇主，有王室血統的貴族海蘭就在那裡等待我們。

我旅行的目的是推動教會改革，而溫菲爾王國正是發起改革的旗手，我便聽從海蘭差遣，助王國一臂之力。

海蘭的信上提到，她要在勞茲本介紹我給王子認識，而且這位王子還是最接近王國權力頂點的王位第一繼承人。

能向次任國王闡述自己信仰之道的機會可不是天天有。說不定我能藉此為王國這場改革教會之戰帶來更大的推助。我無法壓抑不斷膨脹的期待，向伊蕾妮雅答話時語氣有點自負。

伊蕾妮雅不改柔和態度，像個年紀稍長的姊姊微笑著說：

「我是很想請你來協助我的計畫啦……」

她打算請第二順位的王子協助她完成夢想。海蘭說這位王子心術不正，還想強行奪取王位。

但或許因為他是這樣的人而侵略性強，在西海盡頭的大陸的故事，這任誰都當童話看，他卻聽得津津有味。伊蕾妮雅就是想鼓吹這個王子為這場前途未卜的冒險組織船隊。

「關於這部分，我們也會慎重考慮。」

伊蕾妮雅點點頭，鬆開擁抱繆里的手，穩重地微笑。

但以宿含嚴肅光芒的眼神說：

「王國南端在地理位置上是距離新大陸最近的地方。而且勞茲本還是王國第二大都市，累積的歷史和財富都不是這個地區可以比擬。與教會的衝突，也會更激烈吧。」

我們現在所在的地區大致上稱為北方。直到前幾年，異教徒都還理所當然地在這裡生活，如今也依然殘留著濃濃的異教氛圍，先前的祭典就是一例。

而愈往南行，教會的勢力就愈強，人口愈多城愈大。

要擺在天平上的東西多了，衝突的規模也自然會增加。

「是的，我明白。」

我話說得很清楚，但一半是謊言。我也只是聽過傳聞有點概念，沒有更多的認知。

可是為了理想，我非去不可，伊蕾妮雅也了解這點。

羊女微笑著點點頭。

「有繆里小姐跟著你，應該沒問題吧。」

「就是說呀。眼前的事大哥哥都只能看見一點點，一個人馬上就會倒栽蔥摔進坑裡，不過有我在就可以安心了啦。」

繆里動不動就說這種話。世界上有男有女，而我完全不懂女人，所以只懂一半；然後我又只看得見善意，再少一半。

「也只有在妳沒被好吃的東西沖昏頭的時候才能安心啦。」

我這樣回嘴，繆里就癟嘴鼓起臉頰給我看。伊蕾妮雅嗤嗤笑著用右手摟繆里的肩，左手往我肩上繞。

並將我倆拉向她，三個額頭碰在一塊。

「要小心一點喔。能遇見你們，我真的很高興。」

「伊、伊蕾妮雅姊姊……」

繆里的語氣不太像是對伊蕾妮雅的感嘆，而是看我離她這麼近而緊張，怕獵物被人搶走吧。

「呵呵。要是沒有繆里小姐，我還想跟寇爾先生一起旅行呢。」

「不、不可以喔！就算是妳也不可以喔！」

「我知道啦。」

伊蕾妮雅對我賊笑，放開了手。

「好了。把旅程拖太久，就不是個合格的旅人了。」

並輕鬆背起看起來很重的行李。

然後「啊」了一聲。

「有件重要的事我忘了說。我有一個朋友在勞茲本當徵稅員，徵稅的訣竅都是她教我的，叫做夏瓏。」

「夏瓏是嗎？」

背好行李的伊蕾妮雅頗富期待地微笑。

「對。我想她能在教會改革助你一臂之力，請你一定要抽空見她一面。」

「我知道了。」

這位叫夏瓏的八成也不是人類吧。若能借用徵稅員的管道，想必是很有幫助。

「天就快亮了，我們改天再見吧。」

伊蕾妮雅說完就匆匆離去。霧靄濃到繚繞在身上，大約只走了十步，她那蓬鬆的黑髮就成了淡淡的剪影。繆里望著她的去向，彷彿隨時都要衝過去留人，但只是緊握著雙手動也不動。

在旅途上交到朋友，以及旅行生活所避不了的別離，都是繆里的初體驗，而她也勇敢地嘗試接受現實。

我不催不趕，默默等待這個聰明的少女嚥下去。

而這位賢狼赫蘿的女兒也果真繼承了她的血統。

「大哥哥，我們也走吧。」

再受點刺激就要掉眼淚的繆里笑著這麼說。

「好，我們走。」

平常這種時候都是繆里來牽我，這次我主動牽她。

她有點驚訝地抬頭，隨後緊緊回握。

但她沒哭。

還小的妹妹，又在成長的階梯前進一步。

「勞茲本是怎樣的城市啊？」

我們又登上從北方島嶼載我們到這來的船，向船長約瑟夫和船員們打聲招呼。這次沒有其他乘客，船艙裡只有我倆。

不過船長似乎在迪薩列夫掌握到某些商機，艙中堆滿了貨物。

「是很大的城市嗎？」

些微光線從船艙開的窗透進來。看來快日出了。

陰暗中，我發現繆里的輪廓多了狼耳狼尾。

既然沒其他乘客，船員又很少下來，應該還好吧。

「對呀。是王國第二大城，很熱鬧喔。」

「會有好吃的嗎。」

當我坐下，繆里也迅速在我雙腿間就定位。原以為她是與伊蕾妮雅分離之後想撒個嬌，不過從她體溫偏高來看，大概只是想睡覺。

「一定有的啦。不會讓妳亂買就是了。」

我摸摸她的頭，當被子蓋的蓬鬆尾巴沙沙搖晃。

「大哥哥好壞喔。」

繆里埋怨一聲並稍微側身，很快就發出鼻息。

船沒等天亮就出航了。

上天保佑。

我靜靜地囈語，也閉上眼睛。

迪薩列夫以南的海域實在是風平浪靜。

在溫暖的南風中，繆里的髮絲飄蕩著，她一下讚嘆逆風前進的航海技術，一下為無風時勇猛搖槳的船員們感動。

船的路線離海岸不遠，可以清楚欣賞王國的沿岸景致。延伸到地平線的平緩原野，與繆里出生長大的山區截然不同，在她眼中也是很稀奇的畫面。

不過她起初看得很高興，但不知怎地就不看了。問她為什麼，她說平原太空曠，讓她覺得怕怕的。大概是狼的本性使然，沒有樹木可供藏身就安不了心吧。

就這樣，我們悠悠哉哉地享受了三天船旅。到了第四天上午——

「喂……大哥哥，還要多久～？」

繆里將下巴擱在船緣護欄上，一副很無聊的樣子。

昨天船員告訴她勞茲本就快到了，讓她天還沒亮就起床，連每天不可或缺的梳頭都隨便弄弄就迫不及待地跑到甲板上等。

是船遲遲不靠港，讓她膩了吧。

「繆里，妳看，那邊不是比較熱鬧嗎。」

我在發悶的繆里肩上拍拍，往船前進方向指去。

那裡有個不怎麼高，往海中突出的海角。尖端有座木造燈塔，靠近陸地的部分有一群密集的建築。路邊也有一大排露天攤販，炊煙四起，是個小有規模的旅舍聚落。

「咦……前一個鎮還比較熱鬧吧……而且那個小城堡是怎樣？……跟前一個鎮的大教堂比起來根本是倉庫嘛。」

繆里說完聳了聳肩，彷彿自己已經見過廣大世面，覺得這種騙小孩的東西讓她感動不起來。

我卻與她相反，都這個年紀了還像孩子一樣興奮。

「那不是城堡啦。」

「咦～不然是什麼？怎麼那麼扁，好奇怪喔。」

海角底部的城鎮正中央，有個比周圍樓房高兩圈的石造建築。繆里說得沒錯，那建築就像被手從兩邊壓過一樣扁。

不過那不是住宅，形狀特殊也是當然的。

「那是稅關啦。」

「稅關？」

繆里要挺起狼耳似的挑高一眉看過來。

「妳在阿蒂夫也見過吧。周圍像城鎮一樣有築牆，入口有門的那個。」

「唔～？嗯。可是那個東西後面看起來不像有城鎮耶……」

她凝望著說。

「過了那個入口以後，才是城牆的大門。歷史悠久的大城市大多有這種構造。」

「……咦？」

繆里抬頭看我時，船正好要繞過海角。燈塔下有些像是在欣賞海景的人，正對路過的船隻揮手。頭上的海鳥愈來愈多，許多船隻駛離海岸，要航向大陸。

她這才注意到氣氛不一樣了。

「咦、咦……」

船帆一轉，船大幅轉向。

就在越過海角那一刻——

「咦～！」

繆里的聲音大聲響起，嚇得頭上海鳥呀呀離去。

船的前方，繆里注視之處，有無數建築被巨人攬成一團般擠在一起。高聳的雄偉城牆要圍起這群建築，但不斷擴增的樓房卻肆無忌憚地外溢。屋頂統一用紅瓦，看起來就像綠色大地湧出了紅色溫泉一樣。

「哇……！我在山裡也有看過蝨子擠成這個樣子耶……！」

聽繆里用這麼噁心但貼切的比喻來讚嘆，讓我起了點雞皮疙瘩。

然而城市面貌隨船隻接近而逐漸清晰，那壯大的景色馬上就迷住了我的心。隨處可見的尖塔，應該是教堂的鐘樓。城鎮要有一定規模才見得到的建築，在這裡有好多好多。

儘管建築物很密集，感覺很擁擠，但也不時能見到四方形的高層樓房傲然挺立於它們之中，不是大宅就是大商行的會館吧。城市愈大，大富豪也就愈多。

話說回來，這裡不只是規模，氣氛也和北方的城鎮不同。在生活都是考驗的北方地區，依然籠罩在黑壓壓的森林勢力之下。

然而來到這麼南方的地區後，世界就完全被人類所掌控。
展現出人這種種族的力量一經解放，就會綻放出這樣的成果。
「好厲害、好厲害喔！大哥哥，好厲害喔！」
繆里激動得抓著我衣服猛搖。
擔心她耳朵尾巴會跳出來時，她忽然深吸一口氣，以含淚的奇妙笑容沉默下來。雙眼凝視著逐漸接近的街景，連眨眼都捨不得。
見到繆里這個樣子，我感到「愛孩子就讓他去旅行」這句話真是有道理。
我摸摸她的頭，一起望著這座城。
稅關設於海角底下，是因為城牆都快失去城牆的作用。光是溢出的周邊地區，都有好幾個迪薩列夫那麼大了。
海岸外圍停了好多艘在北方地區見到的那種巨大船舶，每艘都像是能裝下一個城鎮。但即使這些船載滿貨物，也會被這個城市一口吞個精光吧。
勞茲本，是溫菲爾王國第二大都市。
恢宏壯闊，讓人明白這才叫做大都市。

勞茲本沿海不像海，簡直是船組成的海上城鎮。

巨大的船舶吃水深，只能停在離岸有段距離的海上。其周圍聚了大大小小各式各樣的船，而這樣的聚落還有好幾處。小船在其縫隙間不斷往來，儼然是個熱鬧的城鎮。

「這樣的海上世界，爹聽了都不會信吧。」

繆里興奮得紅著臉這麼說。在紐希拉那樣的深山裡，一輩子都別想見到這樣的景象。

不過繆里的父親羅倫斯曾是經年累月在廣大區域巡迴旅行的商人……正想這麼說的我又把話收回。潑這種冷水太沒意思了。

「就是啊，他聽了也會嚇一跳吧。」

我已經能看見羅倫斯讓興奮的女兒坐在腿上，開心地聽她說港口景象的樣子。那正是父親和年少女兒應有的模樣。

「啊～好想趕快到街上逛喔。一定有很多很厲害的東西。」

繆里蹦蹦跳跳說話的樣子令人鬆開嘴角，但不能鬆懈。

「我們不是來玩的喔。」

「娘有說過不管做什麼事都要開心，不然就虧大嘍？這可是賢狼的教誨喔？」

「……請不要在這時候搬她的話出來。」

「嗯哼哼～在這麼大的城市，不曉得會有怎樣的大冒險呢。」

「不會再有大冒險了啦。」

「咦～？」

那表情像是在說沒冒險算什麼旅行。是因為還年輕嗎，一路上受了那麼多罪，她還沒受夠。

「那你要在這裡做什麼？」

「我要跟海蘭殿下會合，然後去見王子，稟報我的構想。再來……請海蘭殿下介紹我和這個王國的神學家交流交流。我想看看聖經俗文譯本進展得怎麼樣了，而且這是一個認識有識之人的好機會呢。」

每一件都是令我無比光榮，且雀躍不已的事。

可是，繆里卻用力擺出一張厭惡的臉。

「你又要去講那些囉哩囉嗦的事，弄那本鬼話連篇的書啊？」

「才不囉哩囉嗦，神學的事很重要。而且，聖經才不是鬼話連篇的書！」

繆里很故意地用雙手摀起耳朵裝聾。

這年紀的孩子不愛聽教會教誨是很正常的事，不過繆里是仔細看過聖經的人，說這種話更糟糕。當然，她看聖經也只是為了找聖職人員也能談戀愛的依據而已。

沒什麼比鬼靈精的野丫頭更棘手的了。

「唉～如果大哥哥跟魯華叔叔一樣勇猛就好嘍。」

她用失望的口氣這麼說，挽著我的手臂。
赫蘿幾百年前有個名叫「繆里」的狼朋友，她的遺物交由以她為名的傭兵團保管，而魯華就是團長。他是個豪邁勇敢，重情重義的漢子，很受旅館舞孃歡迎。
拿我和親身實踐英雄道的魯華相比，我連苦笑都笑不出來。
「我不過是一介想為神服務的人，雖然可能比較枯燥乏味一點，但我認為我還是能幫助這個世界。」
我望著陸上街景這麼說之後，繆里要咬人似的把臉埋進我的手上蹭。
「討厭啦，我是想要大哥哥帥一點嘛！」
繆里在這種時候總會說些比較孩子氣的話，然而真要說起來，在這一點上我和繆里是相反立場。
「妳威風的時候明明比較多，保持這樣就好了吧？」
這位銀色少女給了我很多幫助、支持和激勵。
我試著想像假如年紀和性別相反會是什麼狀況。
她一定會如有三頭六臂般大顯身手，留下種種後世傳頌的英雄事蹟吧。
「討厭啦～大哥哥～」
繆里拉著我的手搖來搖去。

每個人各有各的性格，自然各有各的路。

我一邊哄人，一邊驚奇地看約瑟夫穿針似的操縱船隻駛過擁擠的港口。就在這時——

「那艘船！停下來！」

一道粗魯的叫喊嚇了我一跳。棧橋已經就在眼前，原以為是帶船入港的引水人，結果差遠了。與我們並行的船小雖小，但仍高掛著王國國徽旗，另一面大概是市旗。船上的人感覺很有紀律，像是港口的衛兵，不曉得想做什麼。

隨後船長約瑟夫趕過來，見到小船上的旗而嘆息。

「運氣真差，遇到臨檢了。」

「臨檢？」

「就是要收稅。掛市旗的船，肯定是徵稅官的船。」

「徵稅官？」

繆里歪頭問。

「就是專門收稅的人。伊蕾妮雅小姐就是做那種工作。」

「稅……是要分油水嗎？」

在小村莊長大的繆里，對稅金就是這種印象吧。

「有那麼簡單就好了。在這麼大的城市無法調查每一艘船，常常找個倒楣鬼殺雞儆猴呢。」

約瑟夫怨懟地說。

「就算沒那麼倒楣，這些人還是我們貿易商的天敵。老是用一堆理由狠咬我們一口，簡直像鯊魚一樣。」

在北方嚴峻海域經商的約瑟夫絲毫不掩敵意地說。繆里把他當冒險者一樣景仰，也完全站在他那邊。

「約瑟夫伯伯，不可以輸喔。」

「那當然。要是輸給南方的軟腳蝦，哪對得起歐塔姆大人和黑聖母啊。」

繆里笑出一口白牙，拍拍約瑟夫的肩膀。

不久船停了下來，小船擋在前方。

「我們是勞茲本徵稅員公會！要檢查船上貨物！」

他們再度大喊，而他們報上的名號讓約瑟夫不解地低語。

「徵稅員公會……？不是徵稅官？」

見到約瑟夫歪了頭，繆里也歪頭看過來。

「大哥哥大哥哥，徵稅員和徵稅官哪裡不一樣？」

「呃……」

需要把以前旅行時學到的知識從記憶深處拖出來了。

「工作幾乎一樣，可是地位不同。」

徵稅官是官差，可以在城門口向旅人收稅。由於有需要監視是否有可疑人物出入，有公務性質。主管機關當然不是善良市民所組織的同業公會，而是議會。此外的徵稅，就像伊蕾妮雅做過的那樣，可以讓外地人競標代收，這部分就各憑本事了。

因此很難想像會有徵稅員公會這種組織，畢竟公會需要由長年居住於此，且職業相同的人來組成。

說不定因為都市巨大，徵稅方式也多。徵稅員不只有不怕臉色的外地人，也是當地居民會選擇的職業，而且人多到可以組成公會。

「他們掛著國徽旗和市旗，應該不是冒牌貨……喂！把繩梯放下去！」

船員聽從約瑟夫的指示，放下繩梯。

不久，一群和衛兵沒兩樣的人陸續上船。

由於都在海上，沒人穿沉重的鋼鐵鎧甲，但好歹也有皮甲護胸，並隨時備戰的樣子。船員大多脾氣剽悍，是有自保的必要，但感覺也太誇張了。比起徵稅員，他們更像士兵，也就是在城門口工作的徵稅官。

「船長在哪？」

說話的男子右手綁了塊紅布，滿臉鬍鬚很有威嚴，應是隊長。

「就是我。喂，快把貨物證書拿過來！」

「我們代表勞茲本徵稅員公會，武裝是經過議會認可，奉溫菲爾國王直接賦予的權力行動。我們的話就是國王的話，我們的命就是國王的命，最好別忘了。」

「我這只是艘小商船，應該不會有值得國王關切的東西才對啊。」

「這我們自己判斷。」

兩邊語氣都很衝，聽得我七上八下，可是雙方對這種事似乎司空見慣，事情進行得很順利。約瑟夫交出證明貨物出處的文件，大鬍子徵稅員動手檢查，他的部下各拿一張羊皮紙走下船艙。

船員們都只是不太高興地遠遠看著。

「話說回來，徵稅員在這裡會組成公會來行動啊？在北方看不到這種事呢。」

閒著無事的約瑟夫閒聊似的說。

「這幾年的事。最近愈來愈多人違抗王命拒絕繳稅，而且這裡是靠海的城市，總會有些亂七八糟的人從海上來，我們徵稅員有團結起來的必要。」

大鬍子徵稅員的口吻就像是個自豪的專家。在迪薩列夫是伊蕾妮雅這樣的人用來賺外快的工作，到了這麼熱鬧的城市規模也不同了。

將最後一張羊皮紙交給部下後，大鬍子徵稅員對約瑟夫表現露骨敵意。

「從迪薩列夫來的是吧，德堡商行的東西很多嘛。從船形來看，原本是北方的船吧？」

「是啊。路上遇到暴風雨，漂到迪薩列夫去了。平常不會到這麼南邊來，這次是為了送人一程。」

「人？」

徵稅員脖子一轉。

視線毫不猶豫地停在我身上。

「是他嗎？」

「對。他就是北方知名的——」

當約瑟夫又想誇張地介紹我時，繆里突然站到我面前，約瑟夫的胸口還被槍尖抵著了。

到這時，我才發現自己左右都站了手拿短槍的人。

「請問這是……」

兩旁的人當然沒回答我的問題，還對我投來敵意強烈的目光。

「你們做什麼！這裡的徵稅員不懂禮貌的嗎！」

約瑟夫不懼胸前的槍破口大罵，而大鬍子徵稅員只是瞄他一眼，抬抬下巴說：

「帶走。」

「走。」

背後的手推得我一陣踉蹌，繆里立刻一臉凶狠地大吼：

「別碰大哥哥！」

「啥？」

狼的狠勁甚至嚇退了徵稅員，然而繆里的外表畢竟是個普通女孩。

有個人恢復鎮定而揚起一手，我不禁抱住繆里保護她。

「請放過她吧，她年紀還小。」

繆里在我懷中掙扎，喘得像恨不得咬死眼前的敵人，但現在不該節外生枝。

況且既然他們不是徵稅官而是徵稅員，就有得談了。

「可以幫我知會貴公會的夏瓏小姐嗎？」

一搬出伊蕾妮雅告訴我的名字，徵稅員們的動作就停住了。

既然我知道公會裡的人，他們應該不會對我亂來，有誤會也能解開。再來就是伊蕾妮雅介紹給我的人多半也是非人之人，會願意幫助我們才對。

大鬍子徵稅員試探地問：

「……你認識副會長嗎？」

居然是這麼大的人物，但我沒有表現出詫異，回答：

「在迪薩列夫，有個名叫伊蕾妮雅的羊毛經銷商介紹我來找她。只要您這樣跟她說，她應該就明白了。」

為慎重起見，這裡就別靠海蘭了。因為現在王國內廣泛發行徵稅權，為的就是打壓教會，而且倚仗的是王位第二繼承人克里凡多王子的權威。如此一來，勞茲本的徵稅員公會很可能也屬於克里凡多王子陣營，而海蘭支持的是王位的第一繼承人。

在這裡報上海蘭的名字，恐怕會更麻煩。

「……好吧。無論如何，都請你跟我來。副會長就在港邊。」

大鬍子徵稅員使個眼色，短槍便不再抵著我們。

「好的。」

我如此回答並放開繆里。繆里想一起來，卻被其他徵稅員阻止。

「只有他能來。」

分散同夥是這種時候的基本程序。

「為什麼——」

我制住又想叫嚷的繆里，在她耳邊說：

「去找海蘭殿下。」

因此，我也要準備第二方案了。

要是事情往壞的方向發展，請海蘭介入會比較有效。

繆里似乎是立刻明白了我的想法，臭著臉轉過頭去。不曉得是氣不能跟我去，還是她就是這麼討厭海蘭，或許兩者皆是吧。我再用手勢要她跟著約瑟夫，她才不情不願地聽話。

眼裡怨氣那麼重，這之後肯定有很多牢騷要發吧。

「行了就跟我們上船吧。」

我點頭聽從大鬍子徵稅員的指示。

爬下繩梯上了小船後，跟著我來的只有大鬍子徵稅員。他指揮留在商船的部下說：

「把船停到棧橋邊，檢查貨物。」

「是！」

接著他坐也沒坐，小船直接駛動。來到棧橋附近時，由於其他船隻引起的水波變得密集，搖得很厲害。

港邊人潮相當洶湧，徵稅員的船引起不少好奇的視線。

「下來吧。」

船很快就抵達小船的停泊碼頭。我笨拙地下船，走樓梯登上港區的瞬間胃就緊張得痛了。等著我的十幾個人全都和上船來的人同樣裝扮，且當然都有武器，後面還有黑壓壓地一大票。

說不定我涉入了遠比想像中更大的麻煩。

吞口水時，大鬍子徵稅員穿過我身旁向前去，到某人身邊。

那人將鏽紅色的頭髮束在腦後，體型苗條。身穿綠棉衣，皮帶繫著細長的匕首。從這身裝扮，一眼就能看出在城裡有不小的地位。另一方面，及膝的長靴線條粗獷，透露其身分可能需要經常在外走動，對人下指揮。

而且那雙注視我的眼睛，有種獨特的氛圍。

那人多半就是伊蕾妮雅說的夏瓏吧。

「什麼？伊蕾妮雅介紹的？」

聽了大鬍子徵稅員的耳語，我猜想應該是夏瓏的那個人這麼說。副會長一詞原先讓我聯想到的是文質男性，結果是女人。看起來年紀輕輕就能擔任公會要職，真了不起，一定很有才幹。

「知道了，看來不是敵人。」

武裝戒備的徵稅員們馬上收起武器。不至於動粗讓我鬆了口氣，但他們戒心高成這樣讓我很在意。

要是沒有搬出夏瓏的名字，我恐怕要被當成罪犯了。

我猜想是夏瓏的女子走到我面前。

「我是艾莉茲．夏瓏。」

我握住她伸來的手，有種奇妙的感觸。沒有女孩的手那麼柔軟，也沒有工匠那麼硬。最特別的是她的眼睛。

不只是銳利，而且眨眼次數少，感覺十分獨特。

心中閃過鳥的形象。
夏瓏是鳥的化身吧。
「我是托特·寇爾。」
「我知道。」
夏瓏在握手之際將我拉向她，嘴湊到我耳邊。
「黎明樞機是吧？」
在我猶豫該怎麼回答時，她補充說：
「伊蕾妮雅有寄信給我，而且我的同伴應該也跟著大鯨魚把信送過去了。」
原來如此。
「的確是有人這樣叫我，可是我承受不起……」
「哼嗯？」
她瞇眼打量我一番後退開鬆手。
「隨便。對了，你不是有個同伴嗎？」
「對，她在船上。」
「這樣啊。」
夏瓏移開視線想了想，又往我看來。

「聽說你在替海蘭閣下做事。」

從她視線感覺不到親切，應該不只是銳利的關係。

身為副會長，對政治問題一定有相當的理解。

「這個立場比較複雜。」

「我明白。」

若是呼籲教會改革的立場，在思想上和要從教會取回不義之財的徵稅員是同一邊。不過發行徵稅權的第二王子克里凡多，與海蘭聯手的第一王子敵對。而且這位克里凡多王子發行徵稅權不單是為了教訓教會，據海蘭說，那可能是在籌促篡奪王位的資金。

這使得我們無法輕易劃分敵我，且目的還有難以割捨的重疊。所以夏瓏才會用不是看同伴的眼神看我，並這麼說吧。

「我們需要你的名氣。」

這不是請求協助，話說得像是幹殺頭生意的商人。

這時大鬍子徵稅員上前來。

「副會長，這裡不便久留。」

「……也對。」

夏瓏轉向同伴們說：

「這裡會有教會的人走動，先回公會會館。你也過來，我們還沒談完。」

見到夏瓏就此跟其他人離去，我連忙跟上去問：

「你們也需要躲教會的人嗎？」

在迪薩列夫，是教會的人把自己關在大教堂而引起了各種問題。

既然他們會來，直接談比較省事吧……這樣的想法沒能維持多久。夏瓏轉過頭來，不耐地皺起眉。

「你不知道這裡的狀況就跑過來了嗎？」

顯露些許怒氣之後，她繼續走。

「總之你跟我來。」

我不知道夏瓏所說的「狀況」是怎麼一回事，但至少她不是敵人。於是我認為先聽他們的比較好，便跟隨撥開人群往港區深處的徵稅員人馬走。

勞茲本港邊的人潮已經夠擁擠了，還有人見到夏瓏他們而聚過來。可能是有些人也像約瑟夫那樣，認為徵稅員老愛擋人財路，擾人微薄小利的營生，是惡魔的手下，一路上有不少謾罵。在前面開路的徵稅員，動作也很粗暴。

但同時，也有不少人予以聲援，希望他們匡正腐敗的教會，向富人討回錢財等。路人自己也會因為立場不同而吵起來。

看來這座城市的意向並不統一。
我們就這麼在人們的喧噪與熱氣中步步前進，最後有棟面朝街道的高大建築出現眼前。
掛著國徽旗和市旗，應該就是徵稅員公會會館吧。
徵稅員們加速趕路，但就在只剩橫越街道時——
「站住！站住站住！」
充滿怒火的喊聲要壓倒港區喧噪似的迸響。周圍的徵稅員紛紛咂嘴，繃起表情。而周圍群眾大部分反應迴異，有人吹口哨，有人踏腳，有人喊著：「等好久了！」
我在其他城鎮也見過這種氣氛——有人在路口廣場辦鬥雞鬥狗的時候。
「不要停，快走。」
徵稅員隨夏瓏的指示加快腳步，但群眾密度卻要阻礙他們般愈來愈高，堵住街道。
接著，右側人牆分開了。
出現的又是武裝集團，但裝備性質和徵稅員有明顯不同。不像是維護城市治安，而是在戰場搏命的人。
都是傭兵。
「叫你們站住是聽不見嗎！」
隨著大得能顫動衣角的這一吼，徵稅員們總算停下。

而且有些群眾像是刻意與總是惹人嫌的徵稅員作對，去路擠滿了人，想走也走不掉。

「你們徵稅員公會現在不只是從別人錢包裡搶錢，還幹起了綁架的勾當是吧！」

叫罵的男子剃了個大光頭，八字鬍啤酒肚，身材矮小。

但矮小也只是身高，肩、臂、腿的肌肉都好像快炸開一樣。

手上還拿把戰斧，令人想到傳說中住在山裡的土精靈。

上前應對的，是風韻截然不同的夏瓏。

「我們不過是認為有必要問幾句話而已。」

夏瓏毫不退讓，垂眼俯視光頭傭兵。

「綁架犯都是這麼說的啦。」

「這樣啊，看來你們對這種『買賣』很熟悉嘛。」

「呸！」

傭兵啐口唾沫，扭扭脖子說：

「不知好歹的東西。總之，我們有人看見你們無端闖入商船，帶走了我們的客人。」

「客人？你說客人？」

夏瓏找到毛病似的酸溜溜地回嘴。

光頭傭兵不耐煩地皺起臉說：

「只要是用來交易的船，船上每個人都是我們貿易商公會的客人，客人該有怎樣的待遇全都歸我們管。隨隨便便就給你們徵稅員帶走，城裡還要不要規矩啊！」

貿易商公會？這個傭兵？

我並沒有見過多少世面，但這個人怎麼看都是個傭兵，一點也不像商人。大商行僱用警護人員防盜並不稀奇，可是阻擋我們的人少說也有十五個，根本是小型部隊。

再配上夏瓏那些話，這些人恐怕是教會方面的人。

自稱貿易商公會的完全武裝傭兵部隊。

大城市演員也多，錯綜複雜。

「我們是在王命之下行動。」

「這裡是王國沒錯，可是貿易商公會的權威不只是受到王國認同。怎麼，妳背得起和大海另一邊所有商人作對的責任嗎？」

「……！」

夏瓏首度語塞。

但這時街道另一邊吵鬧起來，徵稅員公會會館裡爆出聲援的怒吼。周圍群眾也不是全站在貿易商公會這邊，彼此之間的爭吵如野火般擴散。再這樣下去，搞不好會發生需要議會出動衛兵的暴動。

傭兵臉色一沉，夏瓏似乎認為是個好機會，說道：

「別以為你們可以得逞。」

傭兵牙咬得太陽穴爆出青筋，現場一觸即發。就在這時——

「可以打個岔嗎？」

有道聲音一派輕鬆地介入雙方之間。

「幹什麼！給我——」

別的傭兵開口就罵，但說到一半就吞回去了。

這才使得互瞪的兩人轉過頭來，都「啊」了一聲。

「這是國王的裁判權敕令。我等要奉國王的名義，在這場爭執中行使裁判權。雙方的爭執，就交給我家主人海蘭殿下來裁奪吧。」

這位老人就是真正的矮小了，不過服裝品質很不一樣。並不誇飾華美，而是以精良作工宣告其地位。他的白鬍鬚也和光頭傭兵不同，像是用蛋白梳理定型過，彎得很漂亮。

手上高舉的羊皮紙除了流利的署名外，還蓋上了璽印。

在這國家具有無上權威的王國之印。

雙方陣營都沒好臉色，先不情願地下跪的，是夏瓏等徵稅員這邊。

「遵命。」

「嗯。」
老人點點頭，看向傭兵。
「你們呢？」
「唔。」
傭兵轉頭往後看。人群裡有幾個壯年男子聚在一起，服裝體面眼神精悍，也許是貿易商公會的人。他們看看彼此商量片刻，百般無奈地點了頭。
「好的，人民必須尊重國王的意思。」
「聰明的選擇。當然，我等立場中立，不會偏袒任何一方。這位先生是我家主人的貴客。」
夏瓏保持跪姿，也沒抬眼，而傭兵那邊有幾道視線毫不客氣地射向我。在我苦惱該怎麼回答時，老人收起海蘭署名的特權令狀，不帶笑容地朝我走來。
「小的名叫漢斯，奉主人之命來迎接您。」
「啊，哪裡……謝謝……」
依然失措的我傻愣愣地回話。
「請隨我來。」
漢斯理所當然般說完就走。
我回頭看看夏瓏。她依然低垂著眼，是表示以後有機會再談吧。

群眾害怕擋了國王令狀會遭責罰，自動讓路給漢斯。

空出的道路彼端，有幾個一副騎士裝扮的人，還有兩名貴族樣的男子騎在馬上。

在他們圍繞下，有匹特別醒目、毛髮亮麗的駿馬。騎在上頭的，是一臉不高興的繆里和表鬆了口氣的海蘭。

旅人來到大城市，下榻之處大致可分為三種。

一種是有錢就能住的旅舍，一種是有關係才可借宿的各公會或商行的會館。

第三種，就是地位特殊的人才能提供的，城牆內的宅邸。

「……有好多比我們家旅館還大的房子喔……」

繆里在海蘭準備的馬車上毛躁地說。

離開了兩陣對峙的廣場，海蘭帶我們來到大宅林立的區塊。路上鋪石整齊乾淨，就連野狗的毛都特別高貴。原來是家丁經常餵食梳理，久而久之就留下來了。看牠們大多都在宅邸門口優雅地打盹，還以為是哪戶人家的獵犬呢。

狗可以幫屋主看門，所以雙方是互惠關係吧。

每當馬車經過毛梳得貴氣逼人的野狗，有狼血統的繆里就用充滿敵意的視線挑釁牠們。每間宅邸都是圍繞中庭的格局，還有個小果園，像是一種流行。經過這些沐浴在陽光下的綠意，就像在充滿喧囂與混亂的城市裡看見天堂一樣。

海蘭借宿的地方，也是這樣的宅邸之一。

「這是我親戚的房子，一時間也沒有其他選擇。要是沒有隨從跟著，其實隨便找個旅舍就行，但是在王國裡，我連這點自由都沒有。」

海蘭下車時很疲憊地這麼說。之前高舉羊皮紙救我出來的漢斯聽見了，直勾勾地盯著她看。大概是務實的主人不太顧門面，想替她守住點權威吧。

「總之，我們進屋再說。我準備了甜點給小姐吃喔。」

「咦，真的嗎！」

繆里原本還在跟這裡門口也有的野狗互瞪，一聽見甜點就興奮地轉過來。

她平時對海蘭態度就只有不敬可言，卻用點食物就能輕易收買。海蘭很喜歡繆里這麼率真，但我這個作哥哥的實在是羞愧不已。

穿過挑高的門廳，我們直往內部走。屋裡沒有走廊，房間直接與房間相連。

「就這間吧，又暖又亮。」

海蘭帶我們來到的是可以盡覽中庭的面南房間。

「先感謝神讓我們久別重逢吧。」

在長形餐桌邊的高背椅就座後，銀杯跟著注入了葡萄酒。

就只有繆里喝的是沒發酵的葡萄汁，但儘管不平，她還是跟我們乾杯了。

「你在凱森和迪薩列夫的表現真是太精采了，如今真的是黎明樞機了呢。」

我從未在給海蘭的信上提過這個稱號，看來是從我所不知道管道傳開了。

「拜託別這樣叫我……那真是太誇大了。」

「呵呵。看你還是老樣子，我就安心了。事情是這樣的。」

海蘭端正坐姿說：

「其實我有寄信到迪薩列夫，想告訴你這裡的狀況，可是信剛寄出就收到了你已經搭船過來的信。所以我派人在港口等你們，不過船實在太多，晚了徵稅員公會一步，真抱歉。」

海蘭貴為王族不能低頭，只垂眼道歉。候在房間角落的漢斯臉色鐵青，看得我都慌了。

「別這麼說，我不會怪您的，而且我不是什麼事都沒有嗎。這都是託海蘭殿下的福。」

「託我的福……應該是我血統的福吧。」

海蘭很少為自己的高貴血統感到驕傲，但也不是愛自嘲的人。

在我猜想是不是發生了什麼事之後，她這麼說：

「你的成功給我很大的激勵，想在這裡拚出一點成績，結果什麼也沒有。我的名字，頂多只能驅散群眾罷了。」

「大小姐！」

一道叱責打斷我們。

「怎麼能在庶民面前說這種話？有損家名啊！」

海蘭用有點疲倦但能感到敬愛的眼神往漢斯看。

「老爹，不是說別叫我大小姐了嗎。」

「可是……！」

「啊，對了。能請你向議會說明在城裡使用裁判權的經過嗎？他們應該已經接到報告，沒有好臉色看吧。我們也要顧住他們的面子才行，立刻去辦。」

「……遵命。」

漢斯刻意地重嘆一聲，低頭離開房間。

門關上的同時，海蘭無力地笑。

「他對維護溫菲爾家名不遺餘力，是個很可靠的人。不過在他心裡，我永遠都是那個小女孩。真傷腦筋。」

「我懂妳的心情。」

繆里深表同意，對我投來責怪的目光。

那逗笑了海蘭，對繆里舉杯。

「總而言之，我抱著雄心壯志來到這座城，結果什麼也做不到，無力感使我備受煎熬。尤其是這一星期，局勢變化得非常快。等你來的這幾天，實在是度日如年。」

「這樣啊……可是我有一個疑問。在港口，怎麼會發生那種事？」

我也是長年旅行過的人，知道不管哪個城鎮都會有糾紛。

最有名的就是麵包店和肉鋪雙方公會的反目，甚至成了吟遊詩人的戲碼。其他像是酒館公會和旅舍公會因為生意重疊，關係很糟。刀劍鍛造公會和匕首公會之間的生意糾紛，恐怕也不會有了結的一天。

因此，徵稅員與商人起衝突絕不稀罕。

然而關係惡劣到需要拿武器在港口堵人，就不太尋常了。

而且一邊是以王國權力為後盾徵稅的人。公然拿武器挑戰他們，無論有何理由，當作挑戰王權論處也不奇怪。

做這種事，需要夠硬的後盾。

「那群傭兵是貿易商公會僱用的，而貿易商公會據說是教會那邊的人。徵稅員那邊，好像一開始就是衝著我來的……」

「就是說啊，我就是在為這個問題頭痛。貿易商公會是公然自拍胸脯要替教會撐腰，和徵稅員對立。所以徵稅員找上你，是因為你一副聖職人員的樣子吧。怕你要去支援大教堂，或是使節什麼的。」

伊蕾妮雅說過愈往南行，教會的勢力就愈大。

感覺肯定跟孤立無援的迪薩列夫大教堂非常不同。

「所以兩邊陣營才會這樣搶人啊……那我還有一個問題。商人做生意，需要當地權力的許可對吧？他們這樣力挺教會，那麼明目張膽地和徵稅員對立，真的沒問題嗎？」

從前和羅倫斯到處行商時，當地掌權者心情一變，買賣就跟著出狀況的事，我也見過很多次。以這點來說，海蘭沒必要頭痛，直接用王國權威壓他們就好。不能做生意的商人，跟撈上岸的魚沒兩樣。

想到這裡，海蘭忿恨地揪起了臉。

「話是這麼說沒錯，可是貿易商公會雖說是公會，主體並不是這裡的人，而是王國之外，且是根據地在南方的商行所組織起來的，而南方又是在教會的掌控之下。他們想在王國經商，當然需要看國王的臉色；但若不站在教會那邊，會危及他們在母國的立場，教會便利用這點積極反擊。他們敢這麼強硬，就是因為背後的教會更強硬。」

「教會還是很強硬嗎？到目前為止，教會都沒有大動作吧？難道是大陸那來了個強力幫手，讓他們強硬起來了嗎？」

保守的統治者、積財龐大而難以割捨的修道院、領地中有教會的貴族等不樂見教會改革的人有一定數量，就算這些人聯合起來援助教會，組成與王國敵對的同盟，也沒什麼好驚訝的。

當我為各種可怕的猜想緊張時，海蘭不知為何無奈地笑起來。

「要我說原因嗎？你真的沒想到嗎？」

見我愣住，海蘭喝口葡萄酒，滿懷歉疚地看我。

「原因就是你啊。」

「咦？」

「黎明……樞機。」

海蘭喃喃念著這稱號，重重嘆息。

「我啊，本該因為找到你這個人才而為自己的眼光驕傲，可是你的成功超乎預期，讓我有點不知所措。坐在我對面的你，已經具有庶出王族所沒有的影響力了。」

看起來，不像是開玩笑。

「能請您……說得詳細點嗎？」

海蘭曖昧的笑容，像是在對我蹚這渾水致歉。

讓我心裡忽然一亂。

很想知道世間究竟是怎麼看我，我的故事到底傳成什麼樣了。

「起點是阿蒂夫。在你和神派來的狼的幫助下，我升起了改革的狼煙。大部分與教會有關的人，也因此了解民眾的積怨有多深而亂了手腳。」

說到「神派來的狼」時海蘭面露微笑，而繆里當然是裝傻。雖不知海蘭究竟對繆里的真實身分有多少把握，但她似乎是不想破壞現在的關係。

海蘭喝口葡萄酒，繼續說道：

「再來，以凱森為中心的北方群島地帶，也被你們完全拉進王國的勢力範圍內。和這群控制著廣大鯡魚鱈魚等大漁場的海盜結盟，王國的地位就更鞏固了。因為和王國對立，就等於是和凱森的海盜對立。魚肉會從市場消失，而便宜的魚是平民的好夥伴。一旦民眾沒魚吃，憤怒的矛頭一定會指向教會和當地的統治者。怨他們只顧自己奢侈度日，不管百姓死活。」

南方海域當然也有漁獲，可是數量和北海的鯡魚鱈魚完全不能比，影響力想必是甚為巨大。

「然後是迪薩列夫的事。」

海蘭說到這裡嘆了口氣，像是對某件事投降的唏噓。

「王國和教會的對立膠著了這麼多年之後，被你狠狠釘了一鎚。就像是在原本維持微妙平衡的天平一側，一屁股坐上去一樣。大門緊閉的迪薩列夫大教堂，因為一個人的努力而與王國的城鎮和解，從此敞開門戶。你一定無法想像這個消息傳開以後會造成多大的波瀾吧？」

這番說明讓我很錯愕。

對於身在事件中心的我來說，事情是更為複雜泥濘，大教堂與迪薩列夫和解也是必然且有其原因。更重要的是，那絕非憑我一己之力所能達成。

但我現在才知道，我怎麼想不重要。

信上能寫的有限，人們也只能以最容易的方式粗略記憶風暴的模樣。不得不在有限的字數中，用象徵性的描寫說明複雜的過程。

黎明樞機這個稱號，便是源自於此。

而世間也順著這個容易辨識的指標，匯集出巨大的潮流。

魯鈍如我也終於進入狀況。

「所以一連發生這三件事之後，大多數人就順著這脈絡去猜想了吧？」

海蘭點了點頭。

「對。黎明樞機出現在這世上，不久就會帶來第四、第五場改革，然後情勢一發不可收拾，直至完全底定……所有人都是這麼想的。所以教會也因此決定有所行動了吧。到現在還期待停止聖務，用不讓王國辦婚禮洗禮葬禮修理人民會使得情況好轉，簡直太愚昧了。」

所謂千丈之堤潰於蟻穴，意思是再怎麼巨大的堤防，也可能因為螻蟻鑽出的小洞而潰決。聖經上也有類似的話。

我的力量或許很微小。

但小歸小，還是開出了最初的小洞。

在不知不覺中，造成天大的影響。

「於是教會打出全面反攻的一步棋，找南方的商人商量。」

海蘭的話將我從憂思中喚回。

「現在，王國大把撒下對教會的徵稅權，徵稅員人數激增。對於遠地貿易的商人來說，不管是徵稅官還是徵稅員都是不共戴天的仇人。若坐視不管，遲早要遭殃，所以開始急了。而教會原本就是大客戶，他們提出的方法，沒有理由不接受。」

我在霧靄散去的腦袋整理這些話，回想先前港口的狀況。

這時，我發現還有一個疑問。

「我知道整個經過了，看來起點就是我——不。」

我看看坐在身旁的繆里，改口：

「是我們的這段旅行。到這裡我還能夠理解。」

繆里睜大眼睛，開心地蹭我肩膀。委婉制止她後我繼續說：

「可是我還是不懂，為什麼貿易商公會需要拿起武器來違抗王權。他們是不想繼續和王國作生意了嗎？」

有句俗話叫做「馬車跟前撿零錢」。

意思是為了撿區區的銅板而遭馬車撞傷，完全是得不償失。商人現在做的事，就是給我這種感覺。

商人違逆王權，肯定會失去王國的生意。

為了逃稅而和教會聯手驅趕徵稅員，卻因此失去所有商機，不是賠慘了嗎？

然而海蘭臉上滿是無力感地說：

「可說是我們太小看商人的狡猾和厚顏無恥了吧。」

她的重嘆在房中迴盪。

「王國威脅商人說不讓他們作生意，但他們卻一點也不怕，反過來說要是商船全部撤離，王國恐怕連一個冬天都捱不過。」

我恍然大悟。夏瓏被傭兵威脅得說不出話的原因就在這裡。

「王國是島國，能夠自給自足已經是好幾代以前的事了。要是沒有外國的商船，我們想在餐桌上見到麵包都很難。貿易一旦停頓，王國裡的任何一切都會陷入困境。我們十多年前就已經嘗過這種痛苦了。」

我聽說過。小時候跟隨羅倫斯行商時，我們來過王國一次，目睹當時由於政策失敗而導致羊毛交易中斷，經濟嚴重蕭條的慘況。

記得當時經濟活動萎縮，讓王國內權力絕大的修道院都叫苦。

若只是中止羊毛交易就這麼慘，要是連生活必需品都斷了會是如何？

無疑會引起難以想像的大混亂。

「當然，我們也十足預想到他們會這樣威脅。說到底，他們就是為了凝聚出這樣的談判力，才會在溫菲爾王國這個異地組成公會。」

利害關係一致的人團結合作，是在無依無靠的遙遠國度生存的不二法門。

「這樣我懂了……那麼聽您的說法，王國也預測到他們會這樣威脅，事先準備了對策吧？」

「對。能妨礙他們作生意的威脅手段其實多得是，但只有一個狀況可以讓這些妨礙失去作用，那就是絕對的團結。」

海蘭暫時停頓，環視房間。

見到她像繆里那樣往桌面探出身子，我才想到她大概是在看漢斯回來了沒。

「我想不通。為什麼那些貪心的商人可以結合得這麼穩固？」

海蘭苦惱的表情說明了她真的為此想破了頭。

「您說結合？」

「沒錯。運用權力妨礙商人作生意是小事一件，可是當所有商人都不作生意，王國自己也會非常頭疼。所以只要他們緊密結合，我們就會立刻處於劣勢。」

分散時立場薄弱的人，團結起來也會有可觀的力量。現在的確是公會發揮功能的時候，信奉功利主義的商人們，會為了利益立刻聯手吧。

如此一來，海蘭這邊認為施點壓力就能讓商人服貼的想法，其實太過天真了。

逡巡是否該說出口時，海蘭這麼說：

「我到現在還是無法相信那些商人竟然沒起內訌。他們明明都是那麼自私，為了使利益最大化，不是可以不擇手段嗎？」

這句話讓我的腦袋空轉了幾圈。使利益最大化？這樣團結起來對抗企圖妨礙他們作生意的統治者，不就是最大化了嗎？

大概是疑惑都寫在臉上了吧。

海蘭看見我的表情就搖搖頭，忿恨地緊皺眉心。

「這些南方的商人現在雖然團結起來，但彼此關係並不好，有機會砸對手的腳就絕不會手軟。因此我們認為狀況愈亂，使他們背叛的誘因就愈大，根本團結不起來。」

背叛？想這是什麼意思時，突然有個不搭調的開朗聲音響起。身旁的繆里哈哈輕笑說：

「玩戰爭遊戲的時候，這種事真的很讓人頭痛呢。偷跑的最賺了。」

繆里放開葡萄汁和砂糖甜點，目光閃耀地說。

海蘭不僅沒責怪繆里插話，還贊同得想和她握手的樣子。

「就是這樣！第一個偷跑的，才能得到最大利益。」

見我愈聽愈糊塗，繆里挖苦地笑。

「大哥哥只看得見人家好的一面，大概聽不懂吧。」
「唔。」我頭一低，想回些什麼，但我是真的想像不到。
「寇爾，你想想看。這些人過去都是你砍我我砍你，爭奪市場貨架的商敵，而他們都以撤出王國市場為要脅。那麼在這個狀況下，如果有人食言不撤會怎麼樣？要是他暗中協助王國，其利益是無法想像地龐大啊！」
對喔，還有這種可能。
如果商人真的功利掛帥，要追求最大利益，則還有這條路。
「而商人都很厲害，動歪腦筋的速度快得嚇人，全都會立刻想到這件事。那麼應該是根本統一不起來，馬上就會互相背叛廝殺，不合反崩。沒有其他可能。」
「可是結果不是這樣？」
海蘭點頭回答繆里，並沉沉低下了頭。
「會是教會的回報大到讓他們不會想偷跑嗎？」
對商人來說，信仰或忠義這些東西並不可靠。
「或者是，教會在他們的根據地提出某種懲罰……可是我想不到什麼懲罰能讓他們腳步如此一致。那麼從利益方面來看，也同樣是很難接受。究竟要準備多大的獎勵才辦得到這種事？」
教會累積了山一般的財富與權力，所以招致民眾的怨恨。

然而那應該也有個限度。

保證給予所有外國商人失去王國的買賣也無所謂的錢財，或是相應的罰則，意思就是教會要直接掌控在約瑟夫船上見到的那麼多巨大商船所帶來的所有交易。

就連神也做不到這種事吧。

「另一方面，要是外國商人真的撤離王國，事情就嚴重了。人們會立刻屯購市場上的小麥和肉品，所有商品都要飛漲，買不起就搶，整個王國陷入混亂。到時候，教會一定會發動戰爭。」

「不會吧」三個字像塊石頭，哽在喉嚨裡。

海蘭是考慮到可能會和教會開戰，才派我們到北方群島。那裡是這地區的食物倉庫，且一旦隔海開戰，身兼漁夫的海盜也是重要戰力。不過魚就是魚，取代不了小麥和油等生活必需品。

若商人全都離去，王國與斷糧無異。

這將會是教會反擊的大好機會。

「而問題還不只是這樣而已。」

海蘭克制頭痛似的扶著額說：

「當教會趁物價高漲而強盜四起時宣戰，讓情勢變得更混亂，克里凡多王子還可能趁亂發動內亂，篡奪王位。這才是我們真正害怕的事。和教會的戰爭還有機會調停，可是內亂就非得弄到有人上絞刑台為止。」

混亂總是下位者竄起的佳機。

比起外來的教會，海蘭這邊更需要防備自己人的反撲。

所謂內憂外患之時，就是這種時候吧。

「所以我在懷疑徵稅員他們的組織對教會的強烈敵意，說不定是克里凡多王子的意思。一再和教會起衝突，就有機會製造開戰的契機。」

好戰領主認為坐下來談只是浪費時間的事層出不窮，認為戰場功勳才是貴族榮譽的人也非常多。

「或許是我太多疑……可是這裡的徵稅員真的跟其他地方不一樣。他們應該都是來自不同地方的外地人，現在卻團結得好比誓言效忠團旗的傭兵。你自己也看到了吧。」

我回想港口的情況。的確，他們統整得有如部隊，就連對港口徵稅一事司空見慣的約瑟夫都很吃驚。

「我愈想愈覺得這是克里凡多王子的一石多鳥之計。分發徵稅權可以賺取引起內亂的資金，把教會逼到開戰而弄得國內大亂，也是替篡位鋪路。當然，就算教會夾起尾巴逃出王國，他也能主張自己在王國與教會的抗爭中立了大功，一點壞處也沒有。他身邊一定有很厲害的軍師吧。」

也就是對王位虎視眈眈的王子，扔出了絕佳的一石。

「當然，我和國王不會屈服於教會，但我們也必須顧及王國的穩定。」

再這樣下去，外國商人會撤離王國，嚴重缺乏物資導致政局動盪。而想對動盪的王國不利的，不只是教會而已。

曾因王位爭奪戰而荒蕪的國家實在不勝枚舉。

若海蘭是有良知的領主，想必更不願見到國家沉淪。

而我也無法坐視人們遭遇不幸。

可是眼前的狀況實在太複雜，太混沌了。

「當然，這些全都還只是我的推測。不過……從貿易商和徵稅員那樣的態度，我實在沒辦法往好的方面想……」

海蘭用盡力氣似的癱在椅背上。

她身為王族的一員，對國內百姓的命運有責任。

愈是善良的人，會覺得責任愈重吧。

「說不定會拿你們這種猜想當賭注，賭你們膽子大不大喔？」

繆里從銅盤捏一顆糖漬水果出來並這麼說。

「是很有可能，可是我很不會賭。」

我在紐希拉看過很多貴族，沒有一個像海蘭這麼平易近人。

無論真相如何，事實就是教會準備了某種計策，而商人替他們撐腰，團結起來對抗王國。

雖不知這裡頭有什麼算計，但有件事可以確定。

「一項項聽下來，我實在覺得這件事的規模大到不是我這種小人物可以解決……可是……」

海蘭和繆里都看著我。

「可是，我認為戰爭是無論如何都要避免的事。」

海蘭重重頷首。

「而且，我們也不能就此放棄改革的契機。我們都走到這裡了，要是這樣就放棄，少說要幾十年以後才盼得到下次匡正教會弊端的機會。」

足以讓人屈於眼前困難而下跪，夾著尾巴逃跑的時刻，這一路上多得是。

但我仍相信自己走的是正確的路，才能走到這裡。

「你說得一點也沒錯，那你現在有什麼具體想法嗎？當然，只要有效利用黎明樞機的名氣，說不定能像阿蒂夫那次凝聚人心來對抗教會……」

海蘭說得很沒自信，是因為這次狀況和那次完全不同。

這次可不是擊潰敵人就行。把站在教會那邊的商人逼急了而逃出勞茲本，王國麻煩就大了，所以必須讓商人留下；但若屈於這份壓力而對教會讓步，改革就遙遙無期。

更棘手的是，還需要注意應該站在我們這邊的徵稅員有何動靜，因為他們說不定是聽命於克里凡多王子，要故意逼教會挑起戰爭。

簡直是神學問答。

三頭牛的角牴在一起，移開其中一頭，另兩頭就會往我撞來。

就算無法同時打倒三頭，也要設法擺平兩頭。

「第一個要思考的是怎麼切割教會和貿易商公會吧。」

「是啊。只要能掌握他們的利害關係，就有辦法對症下藥……」

沒接著說下去，是因為我們是王族和見習聖職人員吧，沒人懂商人的想法。

「您跟德堡商行談過了嗎？」

掌控北方地區的商行，基本上是站在海蘭這邊。

「是談過了，可是他們在這麼南方的地方，其實和局外人沒兩樣。既不是貿易商公會的一員，利害關係又和南方大商行相沖，完全不知道他們內部的事。」

「這樣啊……」

如此一來，我能做的就很有限了。

羅倫斯以前是很高明的旅行商人，說不定該寫封信聽聽他的想法。

就在我這麼想時——

「別想了，現在就有應該先做的事啊。」

「咦？」

我和海蘭異口同聲。
集兩人份視線的繆里聳聳肩說：
「就是偵查敵情啊。大哥哥，到街上走一走，說不定會想到好方法喔。」
沒這麼簡單吧……思及此，又忽然察覺一事。
「妳不是想到街上玩吧？」
「什麼啦！」
繆里嘟圓了嘴，隨後添上海蘭放鬆的笑聲。
「哈哈哈。其實也沒什麼不好。」
「海蘭殿下，不可以太寵她……」
「真的真的。阿蒂夫的教會就是不懂當地居民的想法才會翻船，不知道領地狀況的領主，也應該記取教訓吧？」
話是這樣說沒錯，可是看繆里一臉跩樣，我實在不太能接受。不管怎麼想都覺得她是聽膩了這些事，想到街上走走。
「而且你現在是重要人物，這已經是撼動不了的事實。要是再過幾天大家都知道了你的長相和名字，你就會失去行動自由，人們在你面前也說不出真話了。」
海蘭的臉上是略顯悲哀的笑容。繼承權大勢大的王族血統，也不全是好事。

而黎明樞機這個稱呼，威信說不定還高過海蘭，且還在增加。

「再說，你在這宅邸裡和我一起愁眉苦臉垂頭喪氣地討論怎麼解決籠罩王國的烏雲，或許不會覺得苦，可是——」

「我，絕對，不要。」

繆里的話讓海蘭戲謔地聳肩。

「我還想跟你們建立良好關係呢。」

我不太清楚海蘭究竟喜歡繆里哪點，但可以輕易想像繆里煩躁的樣子。

況且問題不是光坐在這裡想就能解決，除了實地調查誰在企圖些什麼以外，恐怕也沒有別的辦法了。

很遺憾，我開始覺得繆里說得對。

「既然這樣，那就明天——」

「現在還是白天耶！」

我被繆里吼得往旁邊躲，海蘭笑得兩肩直搖。

「呵呵呵，就是說啊。而且說不定，從明天開始就會有使者絡繹不絕地來向你陳情呢。」

在繆里「聽到沒」的眼光夾擊下，我只好屈服。

「身為王族的老么，我也想讓你們看看這王國第二大都市。城裡有間店，你們非要光顧一次不可。」

「店？賣什麼的？」

繆里純真地問，而海蘭用教暗號似的語調說：

「專賣羊肉料理的店，店名叫做『黃金羊鹵亭』喔。」

繆里的眼睛立刻亮了。

「大哥哥！」

她抓著我肩膀猛搖。誰會相信我這種人會是黎明樞機呢。

「好好好，我知道了，知道了啦。」

「啊，可是……」

繆里忽然停住動作。

還以為是怎麼了，結果銀狼少女對海蘭這麼說：

「問一下，這裡有衣服嗎？」

「衣服？」

「嗯。妳看，大哥哥很想當那個什麼聖職人員，所以衣服全都是那種款式。」

海蘭差點噗哧笑出來，好不容易忍住。

把人說得像憧憬士兵而揮舞棍棒的小孩一樣。我往繆里瞪一眼，她毫無歉意地對我笑。

「哎呀，妳說得對。穿得像聖職人員一樣在街上走，肯定沒好事。」

海蘭說完就起身。

「等我一下，我去準備。」

「海蘭殿下，這──」

「要帥一點的喔！」

海蘭回答時看的對象，是繆里。

「包在我身上。」

看著不知在合契什麼的這兩個人，我只能深深地嘆息。

海蘭替我準備的服裝，的確是很適合我。

「大哥哥，你穿這種的很好看喔。」

繆里嘴上是調侃的語氣，但眼裡閃閃發亮，大概是真的好看。有種既開心又像是做了壞事的複雜心情，總之先坦然接受吧。

「棉衣的紅色不會太濃也不會太淡，真的很剛好耶。這件金邊斗篷的深褐色也黑得很好看，不過這用什麼皮草？不是兔毛吧？」

「那是海獸的皮。撥水性佳，而且薄薄一片就非常保暖，摸起來感覺也跟陸獸很不一樣。」
「嗯，摸起來很清爽……又像抹過油一樣滑滑的，好好玩喔！腰帶還有刺繡，真好。褲子是跟雪山的獵人一樣跟纏腰一起穿的吧，靴子還長到膝蓋耶。」
「靴子這些是主人以前還在打仗的時候用的東西，很挺拔吧？」
「嗯。而且不是孔武有力那種，是比較知性的感覺，很好看。」
「喔喔，很有眼光喔。是因為紐希拉有很多貴族客人嗎，眼光練得很銳利呢。」
繆里和海蘭拿換上新衣的我為題材，聊了好一陣子的穿衣經。
「最棒的就是這頂帽子了！」
「是吧！這頂帽子戴上去就是很有學識，威嚴十足呢。」
這是一頂形狀略圓的無簷毛皮扁帽。用的是和斗篷一樣的皮，再加上優雅的銅飾與金邊，相當高級。
「原來還有工作要穿這種衣服啊，在紐希拉沒看過就是了。」
「是啊。各國基本上將紐希拉視為中立地區，不會辦什麼大型典禮，沒機會看到禮兵吧。」
意思就是，我這身衣服是王公貴族參加典禮時的隨從在穿的吧。
而繆里則是穿了醒目的純白兜帽大衣，上面有單純的黑色皮束帶，扣具部分是金製。整體看起來很單純，但光是這樣就能分出我倆身分高低。

站在一起，就像是從領地來此旅行的貴族千金與隨扈。

「好看得我都眼紅了呢。」

海蘭的話逗得繆里嗤嗤笑。

「妳看起來也很高貴喔？」

「繆里！」

我忍不住警告，不過海蘭笑得很高興。

「哈哈哈。不管怎麼樣，在這個城市有很多貴族家的人或模仿貴族穿著的有錢人，所以不會顯眼的。」

「不好意思，讓您借我們這麼好的衣服……」

海蘭聳聳肩回答：

「哪裡，幫這點忙不算什麼。再說你也不太願意接受我的獎賞嘛。」

語氣略帶責備，表現出她就是那麼認真。身為王族，本來就應該給予完成使命的手下應得的獎勵，所以她也曾表示要為過去的成果獎勵我。

我沒問內容，但海蘭是貴族中的貴族，搞不好是一大筆錢，我便堅決婉謝了。

「總之，穿得開心就好。」

海蘭這麼說之後，我恭敬地鞠躬，接著轉向繆里。

還以為她會因為要去街上走動又有羊肉能吃而興奮得不得了，結果她卻稍微低著頭，表情還很僵硬。

有這麼不喜歡我對海蘭鞠躬嗎？在我為此唏噓時，繆里保持姿勢，只有眼睛抬起來看著海蘭說：

「妳要一起來嗎？」

繆里都管海蘭叫金毛，態度總是很無禮，甚至還會對她咧嘴作鬼臉。聽她這麼說，海蘭比我還要驚訝。

而且繆里似乎很介意我這哥哥替海蘭這樣的女性工作，大概是對服裝的品味一致，才讓她打開緊閉的心房。

有那麼一瞬間，海蘭都感動得要哭了。

曾聽人說，貴族總是孤獨，但同時也擅長掩飾真心。

她立刻笑起來，說道：

「我真的非常高興，可是和我一起吃飯，會讓人盯上你們，恐怕會有人問他是不是黎明樞機之類，惹來多餘的猜測。你們就自己去吧。」

「……在阿蒂夫，妳不是扮過平民嗎？」

「因為我在那裡是外國人嘛，這裡就到處都有人認識我了。而且黃金羊齒亭還是很多那種人會去的名店呢。」

況且漢斯也不會准她扮成下女。海蘭單跪在表情遺憾的繆里面前，牽起她的手。

「我也很難過。拒絕淑女的聚餐邀請，其實是違反禮儀的事。」

曾有一段時間，我都以為海蘭是男人。

這樣的動作，海蘭做起來真是好看極了。

「……妳做這種像王子一樣的事，小心大哥哥吃醋喔。」

「那就不好了。」

繆里和海蘭已經能一搭一唱了。

兩人一同嗤嗤笑起來，而我只能苦著臉別開眼睛。

「請兩位慢慢遊覽溫菲爾王國吧。」

「嗯。我們走吧，大哥哥。」

「這、這個……」

繆里拉起我的手，海蘭要我趕快帶她出去似的做出推的動作。

主人都無所謂了，我一個人顧忌這顧忌那也不好。離開房間時，繆里對海蘭揮揮手，海蘭也笑嘻嘻地揮手致意。

我只能當那是跨越身分的友情。

「大哥哥。」

踏出宅邸後，繆里說：

「要保護好可愛的公主喔？」

扣掉敢這麼自誇的厚臉皮，是比一般貴族千金還可愛沒錯。

「好好好。」

我重新握緊繆里的手，走上鋪石路。

離開了高尚住宅區之後，隨即投身於熱鬧的氣氛中。

在海蘭的宅邸，我還偷偷擔心穿這樣會惹人側目，然而完全沒這回事。街上人多又充滿活力，誰都沒空管他人閒事的樣子。

而我的小公主，則是為這街景看傻了眼。

「大哥哥，這個城市是怎樣……不管走到哪裡都是城市耶……！」

儘管說法有點像猜謎，還是能明白她的意思。這城市大到這種地步，在構造上就和一般城鎮不同。

像勞茲本這麼大的城市裡，不會有一般常見的主要工坊街或商店街，可說是城裡有無數個城。大致上是以所謂的小教區來區分，以服務該區居民的教堂或禮拜堂為中心，這地區專用的烘焙坊、肉鋪、酒館等各種商店和工坊則坐落於其周圍。以道路隔開的另一個教區也是相同構造，沒必要去其他教區購物。

這些無數的小教區由大道串起，而大道也有其獨特的世界。

例如專門做外地人生意的露天攤商或工匠會擺起一長排的攤子，當地人都不會在這消費。且可能是因為生活忙碌或早就看膩了，當地人根本不會停下來看路口街頭藝人表演。到處有小孩成群結隊跑來跑去，放養的雞豬到處尋找攤商的廚餘。在如此雜沓當中，有輛富人的四馬拉馬車旁若無人地前進，和拖拉滿車醃魚，不肯讓路的搬運工們互相叫罵。附近野狗還聚過來舔拖車落下的鹽巴，場面頗亂。

就只有混沌二字可言。

我怕人潮會擠得繆里太難受，牽起被街景迷得都忘了呼吸的繆里往路邊躲。

那裡正好有座小禮拜堂。

「咦，大哥哥，這裡是教堂嗎？」

不知是熱鬧的街讓繆里很興奮，還是人潮實在太擁擠，她頭髮衣服凌亂，臉頰泛紅，現在才從夢中醒來似的問。

她沒有穿好袍子的意思，我只好跪下來幫忙繫皮帶。這時候她也靜不下來，興致勃勃地觀察這頗有歲月痕跡的禮拜堂。

「是啊，就是這地區的禮拜堂吧。唉，真是的，面對我站好。」

她不只站得像條蟲，腰還細得沒著力點，皮帶又很硬，難綁得很。而且禮拜堂門邊也趴了一隻野狗，繆里一注意到牠就馬上鼓喉威嚇。

這隻耳朵長長的狗被狼一瞪，也只能縮成一團，卑屈地發出尖細的嗚咽。

「喂，不要欺負人家。很可憐耶。」

七手八腳綁好皮帶的我站起來，戳戳繆里的腦袋。

「痛耶！幹、幹麼打我！」

繆里也像野狗那樣抬眼，但眼裡沒有屈從，完全是抗議。

「因為妳老是看到狗就想咬的樣子。」

我嘆息著說，動手調整她的兜帽。

「拜託妳端莊一點。難得穿這麼可愛，都糟蹋掉了。」

「咦？」

繆里很驚訝似的挺直背桿，隨後又開心地彎下腰。要是尾巴露出來，搖的速度肯定連野狗都會嚇到。

「真的嗎？大哥哥你說嘛，真的嗎？可愛嗎？好啦，再說一遍嘛！」

「先答應我不再調皮搗蛋再說。」

「咦咦～人家明明既不調皮也不搗蛋……」

覺得她哪來的臉這麼說時，她突然注意到什麼般「啊」了一聲，往我背後的長耳狗瞄。她欺負的狗像個被王瞪視的臣子，直挺挺地坐起來，一雙前腳在身前併攏。

「這是伊蕾妮雅姊姊教的喔？」

還以為她又要拿歪理出來搪塞，結果聽見了意外的名字。

「伊蕾妮雅小姐？」

「嗯。她說小村裡的動物比較顯眼，可是人多的城鎮有很多動物到處晃來晃去，能收來當手下就盡量收。」

繆里邊說邊招手，長耳狗跟著站起來走到繆里身邊給她摸頭。

「還有一個人到城市裡做生意，很容易被不三不四的人盯上。像旅舍房間遭小偷的事就有過好幾次，都是雞或豬跟她報訊才沒事。」

這讓我想到伊蕾妮雅下榻的房間堆了好多貨品，甚至擺到走廊上。

從每個商行都會僱保鏢來看，這樣很不謹慎，原來她其實有自己的方法。而且是還是非人之人才能用的方法。

「所以同伴是愈多愈好，力量能用就用，不需要客氣。這都是伊蕾妮雅姊姊教的喔。」

長耳狗似乎已經完全認繆里當主人，摸摸頭就搖起尾巴，隨她指示用後腳站起。呆立著注視這樣的繆里，不是佩服她這麼快就馴服野狗。

繆里從我以外的人得到這麼重要的建言，使我心裡波濤翻騰。

下山旅行之後，繆里明確表示出她不是處處要人保護的女孩，我還反倒經常受她保護。儘管如此，她仍大哥哥前大哥哥後地跟著我打轉，讓我依然覺得那小小的身體全都在我的懷抱裡。

也就是自認了解繆里的一切，也能夠替她指引未來。

這種想法的名稱，大概就是獨占欲吧。

「娘雖然可以跟森林裡的熊聊天，問出蜂巢的位置，可是我沒這麼厲害，所以就當是練習嘍……呃，大哥哥？你、你怎麼啦？」

繆里轉過頭來，表情疑惑。

我很想說沒事，但這裡是有神看顧的禮拜堂正門口，不容說謊。

「沒什麼……只是覺得妳交到很好的朋友而已。」

我沒說謊，只是把很多情緒藏在話底下。

繆里遇見各種人而成長，是值得高興的事。

疼愛的妹妹離開我懷抱的辛酸和寂寞，就留到與羅倫斯再敘那天吧。

「唔……嗯？好吧，就是啊。好想再跟伊蕾妮雅姊姊多聊一點喔～」

繆里遺憾地歪起頭，背後除了長耳狗外又有幾隻野狗聚過來，小弟似的併攏前腳坐下。

這畫面讓我想起繆里在紐希拉當孩子王呼風喚雨的時候，不禁輕笑。

「以後再找機會去看她吧。」

「嗯！」

繆里立刻笑嘻嘻地勾住我的手，一如往常的樣子讓我稍微安了點心。但若繼續旅行下去，她勢必會從我不認識的人物身上學到很多東西。每一次，都會將現在的繆里推向回憶中的繆里。即使知道這是必經之路，我還是想保有現在的她。哄繆里別太撒嬌時，我忽然發現乖乖坐著的狗兒們好像用奇怪的視線看著我們。

好像在問「你這個傻小子在對我們主人做什麼」，希望只是錯覺。

我不是想躲避狗兒們的視線，只是單純地看著禮拜堂對繆里說：

「話說回來，可以陪我進這裡看看嗎？」

難得來到遠方的城市，我自然想看看當地的禮拜堂。

「咦？是沒關係啦……可以進去嗎？裡面好像沒人耶。」

繆里似乎已經從這段旅行了解到禮拜堂是怎樣的地方。

「有野狗守在這裡，就表示有人出入，會給牠東西吃吧。而且門口也不像迪薩列夫那樣用木板釘起來呀。」

繆里從禮拜堂略斜的門縫中看幾眼，轉過頭來。

「這麼想看啊，真拿你沒辦法。不能太久喔？」

平常都是繆里吃野草，現在立場顛倒讓她好得意。

我苦笑著連聲答是，手扶在繆里頭上，她很癢似的縮脖子。狗的視線還是很令人在意。我裝作沒看見，開門進禮拜堂。

禮拜堂不大，長椅頂多只有二十人份。大概只有這個小教區的人會來，已經夠了吧。

講堂上的祭壇簡單得像是露天攤販拍賣商品用的講台，沒椅背的長凳也顯樸素，反而舒服。而且天花板大概有一般三層樓房那麼高，又開了很多天窗採光，感覺很開放。

當然不是只有優點，王國與教會抗爭所造成的爪痕清晰可見，牆上也有教會徽記遭移去的痕跡。這座禮拜堂多半和迪薩列夫一樣，很久沒有祭司了吧。

不過地板掃得很乾淨，椅子也擦得很亮，將信眾的虔誠體現在我眼前。我高興地看著這些痕跡走向講桌，為擺在桌上的東西睜大了眼。

「這是……」

「哇，什麼書啊？」

繆里熱愛看書，尤其是冒險故事，從旁搶過去快速翻動。並很快就注意到那是什麼書。

「咦？這不是……」

「俗文聖經譯本的一部分吧。」

書裡摘錄了幾段宣教時常用的段落，而且是我翻譯的部分。製作得很簡陋，書帶破得好像隨時會斷，但紙上有不少手垢，顯然經過非常多人閱讀。

即使教會徽記被移出禮拜堂，也移不去人們的信仰。在沒有祭司的時候，大概就是這本書支撐著人們的心。

而且是我焚膏繼晷翻譯出來的部分。

我做的事，成了人們信仰的食糧。

為此感動時，繆里盯著書說：

「這是大哥哥翻譯的部分吧？」

意想不到的話讓我屏住呼吸。

繆里慢慢轉頭過來，對我驚訝的表情顯得很不解。

「咦？因為句子跟大哥哥說話的方式很像，很好認啊。」

「是、是這樣的嗎？」

我錯愕地問，結果讓繆里不太高興了。

「我當然認得出來啊？我是全世界最了解大哥哥的人耶！」

面對如此堂堂宣言的繆里，我想到自己才剛剛想過類似的事……但說不出口。
注視深淵時，深淵也在注視著你這句警語，真是一點也沒錯。
「可是想到大家都在看大哥哥寫的書，其實還滿值得驕傲的呢。」
繆里心情急轉，搔到癢處般嗤嗤笑。見到淘氣的尖尖虎牙從嘴唇下冒出來，覺得真是無邪的笑臉時，她牽著我的手忽然溫柔許多。
情緒變得比山上天氣還快的繆里，絲毫不帶半點調侃的意思說：
「大哥哥，你真的要對自己有點信心啦。」
雖然難免會覺得這種話是出於偏心，可是繆里有多少認真，我還是看得出來的。
真摯的話，就該真摯回答。
「……好，謝謝妳看得起我。」
為了願意鼓勵我的繆里，我得更努力才行。
如此自我提振後，我往又開始翻書的繆里看，覺得這是個好機會。
「對了，我翻譯的部分──」
「啊，我喜歡的是你，你寫的聖經內容我都沒興趣喔。」
「……」
希望她從我的譯文接受聖經的想法，瞬間就潰散了。

繆里讓哥哥閉上嘴而滿意地哼哼笑，轉過來指著我胸口說：

「無論如何，你現在真的是比你想像中更厲害的大人物了。所以我相信，在那個金毛擔心國家會有大災難而胃痛的時候，黎明樞機大人會英明神武地解決所有問題。」

明明她比較像英雄，卻要哥哥做出那樣活躍的表現，讓我打從心底覺得她真的是太看得起我了。但既然可愛的妹妹有這樣的期許，作哥哥的也有義務回報她。

繆里笑嘻嘻地挽著我的手，我摸摸她的頭，做出我最好的答覆。

「應該不至於英明神武，總之希望妳助我一臂之力。」

對於短短一個月前還在深山溫泉旅館工作的小人物而言，這樣講也夠狂妄了吧。

然而繆里還是不太滿意。

「討厭啦～大哥哥又來了～而且連那個金毛要打賞，你也推掉了不是嗎？那一定是很多金銀財寶耶！」

「我旅行又不是為了那種東西，人家照顧我們食衣住行就很夠了。書都快被妳弄散了，放開我吧。」

繆里不情願地放手，將手上的書擺回講桌。

書裡有寶貴的神之教誨，還有造福人群這個願望的種子。眼見這個種子正要抽芽，豈有不驕傲的道理。

為世界說不定會因此改變的預感深受感動，而懷起種種夢想的小男孩，似乎還在我心裡。

「我的力量很渺小，不知道能做到什麼地步，但我深深祈望那能解決王國和教會的問題。」

當著繆里的面，我既不能太興奮，也不該太過自滿。

繆里聽了又想說些什麼，可是被第三者的聲音冷不防打斷。

『我也有同感。不過解決是怎麼個解決法，倒是有先問清楚的必要。』

禮拜堂中沒有任何人影，也沒有可以躲藏的地方，但我還是不知道聲音從哪來而四處張望。

先發現的，是有狼血統的繆里。

「大哥哥，上面。」

抬頭一看，只見採光天窗邊緣有一隻鳥。

自認為神僕的人，應該要認為神透過使者現世了吧。然而很不巧，我對鳥的身分心裡有底。

「……妳是夏瓏小姐吧？」

我說出在港口見到的徵稅員之名，頭頂上的鳥身體大大膨脹之後展翅落下。

沒有降到我們視線的高度。她停在一般建築二樓高的壁掛大燭台上，俯視我們。

「……真討厭。」

繆里低吼似的呢喃，而她這麼說不是沒有原因。

因為燭台上的夏瓏顯然是瞧不起人的眼神。

伊蕾妮雅很友善，歐塔姆近乎不理不睬。非人之人突然如此露骨地表現出近似敵意的情緒，令人不知所措。

『告訴我。』

化為英凜大鷲的夏瓏說道：

『你們是教會的狗嗎？』

「啊？」

繆里的聲音滿懷不輸給夏瓏敵意的怒氣，在靜謐的禮拜堂中響起。

第二幕

鳥中之王——鷲，高高在上地睥睨我們。

用喉嚨低吼著瞪著鷲的，是有森林之王——狼血統的少女。

對瞪一眼就能馴服街頭野狗的繆里來說，叫她狗是最大的侮辱。

「妳說誰狗啊，臭雞！」

繆里露出獸耳獸尾罵回去，而夏瓏高挺著胸，不可一世地俯視我們。

繆里的尾巴跟著膨起來，我趕緊介入她們之間。

「教會的狗，是指異端審訊官嗎？」

夏瓏膨起羽毛，嘆息似的顫動。

『還裝蒜。』

「混蛋！給我下來！臭雞！」

我按住一下子抓狂起來、準備把她大卸八塊的繆里的肩，回答：

「如果我是異端審訊官，妳要怎麼解釋繆里的耳朵跟尾巴？」

非人之人被教會稱為惡魔附身者，一發現就要送上火刑台。

而異端審訊官的工作，無非就是揪出異教徒或異教的神祇。

『很簡單。只要帶隻狗，就能輕易分辨我們這樣的人，還可以讓我們放鬆戒心，根本一石二鳥……一石二狗吧。』

「喂！說我是狗——唔嘎！」

繆里尾巴脹得更大，想爬牆撲上去咬似的衝出去。我趕緊從背後捂住她的嘴，壓制在懷裡掙扎的小狼，但視線始終在夏瓏身上。

「夏瓏小姐。」

我喚她的名字，聳聳肩說：

「能請妳不要演戲了嗎？」

「唔嘎……唔嘎？」

懷中的繆里安分下來，耳朵不解地拍動。

「如果妳真的懷疑我們是異端審訊官，哪還會現出真身來問這種事呢？」

『……』

夏瓏沒說話，目不轉睛地直視我們。

「或許妳曾經真的懷疑過，可是早就確定不是了吧？」

他們這些徵稅員要向王國內的教會徵收財產，遭教會設法妨礙並不足為奇。收到伊蕾妮雅的信又聽說過黎明樞機的事也保持懷疑，即表示這是需要如此謹慎的事。

然而她的行為卻有所矛盾。

「妳特地用這副模樣來到這裡，是為了別的事吧？」

『算你有點腦筋。』

夏瓏張開翅膀用力拍幾下，降落到禮拜堂角落的櫃子上，視線算是配合我們的高度。

『最早，我是猜想你是不是奴役她，逼她替你做事。狗這種東西教一教就會聽話了吧？』

「什麼！」

又被說成狗，氣得繆里尾巴大脹。她雖然有些成熟的地方，卻還是很容易上這種淺白挑釁的鉤。

夏瓏總歸是隻鳥，沒什麼表情，不知道她在想什麼，但總覺得她是在拿繆里尋開心。

「夏瓏小姐。」

我勸阻性地叫她，而她聳肩似的抖抖尾羽說：

『接到鳥同伴的報告以後，我從入港之前就在監視你們了……受不了，你們的一舉一動真教人看不下去。』

夏瓏不敢置信地說。

鳥的視力和狼的嗅覺一樣，完全不是人類能比。來到勞茲本的時候，船的上空的確總是有海鳥盤旋。

想到我和繆里那些沒戒心的互動都被人看見了，讓我突然想找洞鑽。繆里反而得意地挺起胸膛摟我的手，夏瓏看了很受不了地別開臉。

「夏瓏小姐，在妳誤會什麼之前我要先講清楚，繆里是我大恩人的女兒，我都是把她當妹妹看待。」

「大哥哥真怕羞。」

即使鳥缺乏表情，夏瓏還是用半張的嘴清楚表現出她的無奈。

『人獸殊途，妳還是別太期待的好。』

「什麼！」

對於這一吼，夏瓏只是別開臉簡單帶過。

『無論如何，這隻狗怎麼看都是隻被豢養的狗。雖然覺得不可能，但最後還是沒能撇清我的懷疑。』

又被說成狗，氣得繆里齜牙低吼。手用力過頭，抓得我的手好痛。

『可是……我叫她狗會氣成這樣，表示她還沒失去我們的尊嚴，不至於是狩獵的領頭狗。』

夏瓏的挑釁似乎也是為了試探。

「能撇清疑慮真是太好了。請恕我重申，我們並不是教會的人。當然，也不是完全敵對。我們的目的是改革教會，不是打垮教會。」

『你是敵是友還很難說吧。儘管你帶了條狗，信仰看起來卻是貨真價實。』
繆里的眼睛又尖起來，我急忙先安撫她再回答：
「世間萬物都是神的造物。因此，我一向都是給予世間萬物平等的愛。」
「不可以平等！」
繆里立刻插嘴，夏瓏的身子膨脹起來。
「拜託喔，繆里……」
「平什麼等，一定要我最多才行！」
這是引用自聖經的制式答覆，但這種話她根本聽不進去。
在我為吼個不停的繆里頭大時，夏瓏喃喃地說：
『……這就是黎明樞機啊……』
即使她說得很失望，我也不會生氣。
「老實說，我也覺得自己完全配不上這個稱呼。」
『可是這個稱呼已經跟著你了。不管你想不想，你都已經站在了這個立場上。』
海蘭也說過這種話。王國與教會膠著多年的對立狀態，正轟隆隆地移向下個階段。
原因不是別人，就是我。
「……只能接受嗎。」

『對。拱心石太軟弱，無論什麼橋都要垮。』

的確沒錯。

『況且——』

空中的獵人雙目一亮。

『如果你踏不定立場，任誰都能輕易利用你。你可以是我的敵人，也可以是朋友，這是最麻煩的。』

「敵人啦！誰要當妳朋友啊！」

繆里大叫，對夏瓏吐舌頭。

夏瓏就只是像鳥那樣歪頭。

「我知道自己的立場比較複雜，可是了解過城裡的狀況……不，應該說王國的狀況以後，我想妳對我也是亦敵亦友。」

我稍停片刻，與那面無表情的視線對齊焦點。

左右這城市命運的金三角之一。

奉王國特權行動的徵稅員公會副會長，就是這夏瓏。

「你們知道自己的徵稅行為可能會勒死王國吧？」

綜合海蘭的說法，結論就是這樣。

教會知道我們處於劣勢，要吹響反擊的號角。畢竟坐視不管，王國內所有教會的財產可能會全部遭到徵稅員沒收。

開戰的選項不時鮮明閃動，替夏瓏等徵稅員稱腰的克里凡多王子，說不定就是在等這種時候。藉由徵稅權逼迫教會開戰，趁舉國大亂時篡奪王位……

如同眾多復國故事所示，混亂總是下位者崛起的好時機。一個在偏鄉溫泉旅館工作的一介草民，不知不覺就被人冠上黎明樞機這麼一個誇張的稱號。

但若開戰而導致外國商人停止所有貿易行為，前所未有的悲劇就會降臨在溫菲爾王國全體百姓身上。要是再發生內戰，肯定是慘不忍睹。

夏瓏明白自己在做這種事的幫凶嗎。

還是她和海蘭說的一樣，是刻意為之？

「我希望匡正教會的弊端，同時也希望人們能過和平的生活。」

於私，我也想幫助海蘭這個朋友。一旦克里凡多王子掀起內戰，海蘭就要為了保衛國家而被迫與自己該守護的人民干戈相向。

且萬一輸了，歷史已經告訴我們敗將會有何下場。

「夏瓏小姐，妳說妳想要我的協助、我的名氣。難道妳說這種話只是為了徵稅，不顧王國會變成什麼樣嗎？」

無論我在其他方面如何丟人，對於自己的信念，我還是挺得起胸膛。

正面質問夏瓏之後，她接受挑戰似的也挺高胸膛說道：

『你以為我們是為了錢嗎？』

徵稅員要競標徵稅權，靠才幹收取稅金才能賺錢。

心裡一怔，是擔心海蘭說對了。該不會徵稅員真的是聽從克里凡多王子的計策，擔任逼迫教會宣戰的先鋒吧？

若真是如此，夏瓏就擺明是我的敵人了。

『光靠錢能夠凝聚我們嗎？我們有更重要的目的。』

夏瓏大張雙翼，貓伸懶腰般拍動幾下。

經過一段沉默以後，夏瓏說出的話完全出乎我的預料。

『我們的目的，是向教會復仇。』

「……復、仇？」

雖很意外，但夏瓏不是人類，不難想像她受過怎樣的迫害。

只是這樣會產生一個問題。

「妳憎恨教會……我也想得到幾個原因。那麼，我在港口看到的那些徵稅員也都是非人之人嗎？」

如果是，那就是繆里說的那樣。夏瓏聽了不耐地瞇起眼。

『是的話，我們直接殺進大教堂就好了，可惜非人之人只有我而已。我們全都是因為憎恨教會才團結起來，不管是不是人，要凝聚我們這樣四處飄泊的人，沒什麼比共通的仇恨更有力。』

這樣的解釋反而讓我的疑問更大，我想不到夏瓏和其他徵稅員會有什麼共通的仇恨。

但恨有多深，倒是馬上就感受到了。她的語氣充滿了烈火般的憎恨，眼神卻十分冷靜。

繆里雙腳擺放的位置，也彷彿隨夏瓏的氣勢而改變。

夏瓏的行動不是一時衝動之舉。

所以不是憤怒，是憎恨。

『你擔心戰爭爆發，而我們當然也知道這個問題，也知道我們恐怕就是火種。可是，我們一點也沒有因此停止徵稅的意思。我們所為的不是錢，也不是作我們後盾，似乎在策劃些什麼的王子，就只是要向教會復仇，而徵稅權不過是個工具而已。就只是因為沒別的手段，才會去競標徵稅權。』

羊女伊蕾妮雅也是拿徵稅權作工具。

『你知道當無視王權拒絕繳稅的罰責是什麼嗎？』

「……絞刑吧。」

當然，王國不會對教會宣判絞刑。

但王國也有面子要顧，這讓他們有充足名義攻打教會。

他們的權威足夠與教會相戰。

「但是……無論復仇對妳來說有多麼重要，也不能因為個人的事拖整個王國下水吧？」

情感的重量，不是天平可以計測。然而只要是以聖職為志的人，任誰都不會認同復仇。更別說一旦引起戰爭，會使得無數人的生活遭受威脅。

而夏瓏似乎也不是不懂。

『我不想跟你爭這種事，直接讓你了解比較快。』

「……讓我了解？」

『對。』

夏瓏這次優雅地展翅飛起，越過我們頭頂，停在禮拜堂出口邊的長椅上，視線高度比我們還低。

『再怎麼說，教會都沒有擁護的價值。你想匡正弊端是吧，那我們可以跟你說，除非把他們拖到街頭吊死，讓他們徹底毀滅過一次，否則他們永遠改不了吃屎。』

如果只有夏瓏一個非人之人這麼想，沒什麼好大驚小怪，可是她說徵稅員公會的人全都對教會有共通仇恨。儘管我完全想不到，聽聽她怎麼說也不遲。至少夏瓏是說要讓我了解。

她願意談，自然是再好不過。

「那我就聽妳說吧，不過我還是可能設法阻止妳。」

「如果妳敢利用大哥哥，我就把妳咬死！」

夏瓏輕瞥繆里說：

『我不會強迫，畢竟我們怎麼樣也不會停手。』

換個角度看，這樣吃定人的態度也可說是一種誠實。

我廢話不多說，直接點頭。

遭忽視的繆里自個兒在一邊低吼，我簡單摸摸她的頭，要她安分點。

「那妳要怎麼做？」

禮拜堂是可以自由進出的地方。早禮拜時段早就過去，距離晚禮拜也還有一段時間，但還是可能有人進來。

『我要讓你看一個地方，到那裡比較好說。』

「那麼——」

我說到一半改口。

「如果妳想在空中帶路，恐怕不太方便……」

路上非常擁擠，我可追不上飛鳥。繆里或許沒問題，不過我相信自己一定會跟丟。

『不用擔心。幸好你穿的是禮兵的衣服。』

「？」

才剛這麼想，夏瓏再度輕巧起飛，停在令人非常錯愕的地方。

「嗯啊！臭雞！混蛋！給我下來！」

「夏、夏瓏小姐？」

夏瓏竟停在我肩上。

『禮兵肩膀上停隻大鷲，一看就知道是高貴人家的人，任誰都會讓路。』

或許真是這樣沒錯，不過她是看著牙咬得吱吱響並低吼的繆里這麼說的。她肯定是在拿繆里尋開心。

覺得這樣鬧過頭而想請她下來時，她又說：

『而且如果我用人形在外面走，容易惹來不必要的衝突。你想看到貿易商公會那些白痴又來找碴嗎？想想我怎麼不直接去找海蘭殿下吧。』

「啊。」

夏瓏畢竟是徵稅員公會的副會長。考慮到這些問題，想在街上自由行動，還是維持鳥形站在我肩上最合適。

『知道了就快走，我帶路。』

夏瓏踏實腳下似的踩了一、兩下。

不知是衣服質料好還是力道得宜，她又大又尖的鉤爪沒有刺痛我，也感覺不到什麼重量。不時擦過耳際的羽毛又滑又軟，但說出來恐怕繆里會氣得眼睛瞪到要掉出來，就不說了。

現在她就已經惡狠狠地瞪著我右肩上的夏瓏，還刻意牽我的右手，大概是為了一有風吹草動就把她撕成碎片吧。

「那就請妳帶路了。」

就算我的聲音顯得有點疲憊，神也應該會原諒我吧。

人的外表非常重要。

我很明白這件事，但變化明顯成這樣，感覺實在很奇妙。

由於會養獵鷹的無疑是領土廣大的貴族，沒人敢擋身穿制服，肩上有隻大鷲的人。就連像水蛭一樣纏人的叫賣小販，都怕惹禍而主動讓路。

夏瓏對街道上的事毫不在乎，就只是望著天空，不時低語要我轉彎。

繆里還是很不高興，不過夏瓏也不會在這情況下繼續鬧她，沒多久就瞪不下去，臭著臉走她的路。

夏瓏最後帶我們來到的地方，位在錯綜巷弄的深處。我們從大道進入住宅密集的區域，經過兩口都有女人聊天洗衣打水的井，跨過在小菜園曬太陽的放養豬，穿過兩個成人要錯身都恐怕有困難的窄巷，來到一棟老舊建築前。

「就是這裡嗎？」

夏瓏沒回答就飛起來，進入二樓敞開的木窗中。

「……這裡離先前那個教堂很近耶，為什麼要帶我們繞這麼多路？如果是要讓我們記不住也太瞧不起人了，我可是狼耶。」

繆里的氣已經消了很多，但依然緊皺著眉頭說。

「可能是因為這個城很古老，有很多死巷吧。」

當地人搞不好會直接穿過人家的中庭或廚房抄近路呢。這裡是當地人的生活空間，基本上旅人不會進入。

站在這裡，讓我覺得全身的聲音都要被周圍的寂靜給吸走，遠處不時傳來的嬰孩啼哭讓人覺得很放鬆。正覺得彷彿身處紐希拉的森林時，門另一邊傳來喀喀聲。

「進來。」

開門的是穿上簡樸服裝的人形夏瓏。

別人家總有特別的氣味。

一開門就撲鼻而來的生活氣息，搖醒我久遠的記憶。

「這裡是孤兒院嗎？」

夏瓏用鳥一般的平板表情吊起一眉。

「這麼快就看出來了？」

「我小時候是流浪學生嘛，經常受這類機構的照顧。」

我是從不輸紐希拉的深山小村離家出走似的踏上求學之旅。現在想想，當時真是無知得可怕。家裡不是貴族或有錢人的流浪學生，全都跟孤兒沒兩樣。

所以我反覆求助於照顧窮人或失依者的機構，而這裡的氣味很像孤兒院。

「還以為你是好人家的少爺呢。」

她似乎對我有點改觀，不過我能活到今天純粹是幸運罷了。

「無所謂。你猜得沒錯，這裡正是孤兒院，但不是誰都收。」

「是像……聖路馬利亞療養院那樣？」

那是著名的修道院設施，會免費收留罹患特殊病症，必須躲避視線過活的人。世上還有幾處這樣的設施。

夏瓏關門上鎖，收起要踏上走廊的腳，首度露出笑容。

那是覺得諷刺又悲哀的笑容。

「我們不是慈善家，救的是小時候的自己。」

「小時候的……？」

夏矓沒回答，往走廊另一頭前進。

這房屋很老舊，到處都有破損，但也看得出來每天都有打掃。一路經過的房間都很冷清，不只沒家具，連門板都沒有，可以直接看進去。

夏矓停在像是倉庫改建的房間門口，只見房裡有幾個孩子圍著一名大人，坐在乾草堆上很專心地用木板寫東西。

「抱歉，你在上課啊？」

我從對房裡說話的夏矓背後看進去，和年紀與我相仿的青年人對上眼。他的氣質很好認，一看就知道是聖職人員。從服裝來看，大概是直接接觸人民生活的低階祭司。

「沒關係，快上完了……妳又是被什麼風吹來的，很少在這時候看到妳。還有……請問這位是？」

不知不覺地，不僅是青年，整個房間的孩子都在看我。

而且還帶著負面的緊張。

我疑惑片刻才想起自己現在的服裝。

「你們放心，他不是官差，也不是教會的人。不是壞人喔。」

夏瓏最後再補充：

「至少現在不是。跟我來。」

見她動下巴示意，青年不解地點點頭，便讓坐在周圍的孩子們午休，孩子們立刻為提早下課歡呼，跑出房間。

他們年齡不一，全都不掩好奇地往我看，最後進了另一間房，那裡大概是餐廳吧。其中有的還在吸手指，被像是姊姊的孩子牽著走。

目送他們離去後，週邊似乎突然靜了下來。

「我不喜歡小孩。」

夏瓏雖這麼說，表情卻變得平靜了點。

「這個客人呢，就是黎明樞機。」

「咦！」

叫的不是青年，就是當事人我。

即使不是祕密，這種事也該有個順序才對吧。

而且眼前的青年無疑是聖職人員。現在溫菲爾王國每個城鎮的教堂都是大門緊閉，禮拜堂開門休業吧。這小教區禮拜堂的教會徽記也已經撤走。

不能執行聖務，就表示不得收取聖祿，聖職人員將失去收入。我想他在這裡教書，大概是為了餬口。

他們的窮困，我有一部分責任。我既是敵人也是朋友，不曉得他會怎麼譴責我。

就在我緊張地吞吞口水後。

青年臉上忽然堆滿笑容，推開夏瓏逼過來，緊緊握住我的雙手。

「那聖經的俗文譯本就是您翻譯的？」

「咦？」

「我聽過好多您的事蹟啊！不過那種傳聞還比不上我拿到俗文譯本草稿抄本那時候，簡直就像終於重見光明一樣！這就是我們未來司牧的方法！」

他握著我的手上下搖晃，嚇得我都茫了，但至少他對我沒有敵意。

接著青年帶著滿面笑容與興奮，放手對一旁的繆里恭敬鞠躬，也與她握手。繆里略顯驚訝之餘，也愉快地微笑。

聽到夏瓏的乾咳，青年才發現自己興奮過頭，赫然挺直背脊。

「抱、抱歉失態了，我是克拉克……克拉克．柯曼達。現在是勞茲本大主教區第十二小教區的助理祭司。」

這次他慢慢伸出右手。

見到他手上的筆繭，我想起了禮拜堂的書。
「我是托特．寇爾，身分……跟流浪學生沒差別。人家叫我黎明樞機，其實我也很尷尬……不說這個了，禮拜堂那本書該不會是你留的吧？」
克拉克臉上又立刻堆滿笑容。
「對呀。」
那張笑容既自豪又親切，同時也帶著令人想幫幫他的柔弱。繆里曾說以聖職為業的人都在某個地方少根筋，我也以為是這個緣故，但夏瓏告訴了我原因。
「這傢伙沒聖祿能領以後，自己都沒幾塊麵包能吃了，還把錢全部拿去買紙和墨水，到處給城裡的禮拜堂發那本書。如果你和大教堂的人敵對，那克拉克算是你的同伴吧。」
夏瓏的介紹讓克拉克露出靦腆又尷尬的笑。
既然有這種事，那麼從克拉克身上感到的柔弱，說不定是來自身體虛弱。
我這才注意到他皮膚無光，顴骨浮凸。穿寬鬆的衣服，說不定是為了掩飾瘦弱的身體。
「別這樣說嘛，夏瓏。最近教區的人時常會拿東西給我，不愁吃的了。」
「看不出來耶。你把多的都分給孤兒院以外的窮人了吧？」
「呃，這個嘛……對了，我也不是大教堂的敵人啦……」
他說得很心虛，還別開眼睛。

夏瓏嘆口氣，對我說：

「他就是這樣的人，但總歸是我在教會這邊找到的少數同伴。他也會來這間孤兒院教他們讀書寫字。」

我看看夏瓏和克拉克，再往繆里瞥一眼。

繆里在克拉克的教室裡好奇地到處看，注意到我們的視線也不警戒。看來夏瓏和克拉克不像是預謀要對我不利。

「請問這裡是怎樣的孤兒院？是哪所修道院的附屬設施嗎？」

救濟院、療養院、養老院、孤兒院。

會設立於城鎮或城鎮近郊的這些設施，大多是附屬於教會或修道院。

夏瓏這個鷲的化身是要從教會手中搶奪財產的徵稅員，又聲稱要把教會的人拖出來吊死，在這種地方自由出入感覺有點怪。

「不是，這裡是私立的。我和幾個徵稅員各攤一點費用，剩下的都是靠克拉克的人望募來的捐款。」

真想不到。

視教會如蛇蠍般厭惡的夏瓏，卻和小教區的助理祭司在這裡養育小孩，還說這是在救以前的自己。可想而知，來到這裡的孩子都和夏瓏等徵稅員有共通點，可是我還是想不出能夠連貫這一切的理由。

所以我疏忽了。

我和繆里說的一樣，完全看不見這世上黑暗的部分。

「這裡的孤兒，都是教會的遺孤。」

夏瓏的話使克拉克欲言又止，最後低下了頭。

統領徵稅員的鷲之化身大概是非常憤怒，歪嘴冷笑著說道：

「包含我和徵稅員在內，這裡的全是所謂聖職人員的『外甥』和『姪子』。而且還是怕惹麻煩趕出來的。」

我連呼吸都忘了。不只是因為絲毫沒想到這種可能，也是因為同時完全理解了夏瓏他們徵稅員的行動。

我當然知道教會有這種惡習，而且是眾所皆知。表面上不能娶妻的聖職人員大多數私底下有妻兒家庭的事，早就是公開的祕密，誰也不認為是祕密了。

繆里一直死皮賴臉地嚷嚷著要作我的新娘，一部分也是因為知道這個惡習吧。

但這麼一來，夏瓏這個人的存在就具有了非常特殊的意義。因為她是非人之人，是聖職人員打破戒律而生下並捨棄的私生女。

「這樣你明白我為什麼想把他們絞首示眾了吧？」

任意生下，任意丟棄。

嘴上卻滿是純潔、清貧、虔敬。

憎恨。夏瓏是這麼說的。這樣我也懂他們為什麼要當徵稅員了。

徵稅員是外地人才會接的工作。無依無靠的孤兒長大了，到哪個城鎮都抬不起頭。即使是徵稅員這樣惹人嫌的工作，有得接就要偷笑了。他們因出身而要比別人辛苦數倍才得以倖存，這樣的人見到城鎮教堂裡滿口福音的聖職人員過好日子，會作何感想。

而且，夏瓏更特殊。

繆里是母親賢狼赫蘿與人類羅倫斯所生，這對夫妻感情好到在充滿音樂與歡笑，凡事樂觀的溫泉鄉紐希拉帶來更多笑聲。

但這種奇蹟不可能遍地都是。

我不想讓繆里看見的黑暗面實例，就在眼前。

「黎明樞機。」

夏瓏低語這個稱號，寧願餓肚子也要分抄聖經俗文譯本廣發出去的克拉克也抬起頭來。

「把你的力量借給我們吧。」

她真摯的視線和言語，使我動彈不得。

「讓我們打垮腐敗至極的教會。」

在靜謐的深巷中，夏瓏的聲音顯得更靜更沉。
突顯出她的憤怒和憎恨有多深。
不是三言兩語可以說服。
「你說，王國可能因為我們和教會開戰。」
「這……」
「聽著。可能是這樣沒錯，而王國的百姓也會因此遭遇不幸。但是，如果能就此打垮教會，這世上就再也不會有我們和這所孤兒院裡的孩子這樣的人了。這不也是伸張正義嗎？」
她不是為了私慾而行動。
夏瓏也有她的大義名分，和嘗過同樣辛酸的眾多夥伴。
她的行動有憑有據，也有正義。
「還是說——」
夏瓏看看腳邊，再眼神凌厲地看來。
「你要站在教會那邊，妨礙我們嗎？」
她的右手有令人不安的動作。
帶我到這裡來看他們的傷口，除了想掏心掏肺地說服我，會不會是還能在我拒絕時神不知鬼不覺滅口呢。

夏瓏所說的，不是對話可以解決的問題。

當然，我也不會為了脫身而敷衍哄騙。

在雙方都為下一步屏住呼吸時，遠處房間傳來碰一聲像是人摔在地上的聲響，晚一拍後是孩子的哭聲。

「……」

孩子一發不可收拾地大哭，其他孩子哇哇呀呀亂成一團。

十分地足以沖散火藥味。

「夏瓏，我去看一下孩子。」

克拉克拍拍夏瓏的肩，用眼神對我致意後往裡頭走遠。

看樣子，說不定克拉克也有阻止夏瓏的意思，而夏瓏也希望克拉克阻止她吧。然而兩者都只是猜想就是了。

感覺上，他們就是如此心靈相通。

「喂。」

這時，想不到是繆里插話了。

「喂，臭雞。」

這使得夏瓏望著克拉克去向的眼神又銳利起來，往繆里瞪，但繆里一點也沒退縮。

「也跟我們說說妳的故事嘛。」

「……」

繆里握起我的手，對沉默的夏瓏說：

「雖然我家大哥哥幾乎什麼事都靠不住，不過有時候還是很有用的啦。」

被損的我擺起臉色，她還得意地嘻嘻笑。

「而且他基本上還是站在我們這邊，不過主要是站在我這邊喔！」

先不論何必在這時候強調主權，繆里這番粗簡的介紹倒也不假。

我乾咳一聲重整情緒，對夏瓏說：

「夏瓏小姐，我不打算說服妳，也無法完全同意妳的目的……也就是血債血償這件事。可是我好歹是也想匡正教會弊端的人，即使無法完全協助，也能幫上一部分。或者說──」

「至少再怎麼樣都不會妨礙我們嗎？」

我也沒有單純到立刻同意這個問題，畢竟王國的未來恐怕就繫在這上頭。

見我不說話，夏瓏注視我片刻後受夠了似的嘆息。

「無論如何，就算我想硬來，這條狗也不會准吧。」

「狗妳的頭啦！臭雞！」

她們倆感覺就像街頭不時會上演的野狗鬥烏鴉，但兩邊當然都不像是認真的。

「那我就說吧。能博取一點同情，也比較容易說服你們。跟我來。」

夏瓏用下巴指指窗外。

「這時候中庭有太陽，正適合狗。」

「吼嚕嚕嚕嚕。」

繆里頗為認真地低吼起來。我摸頭安撫她，一起到屋外去。

說客套話也稱不上優美的樓房相持相依，圍成一圈。

這個中庭也不太像中庭，就只是房屋剛好圍出來的空間。不過的確是灑滿了陽光，還種了點花花草草，小鳥無憂無慮地在草叢裡不知啄些什麼。

「你們幾個，閃一邊去。」

夏瓏揮揮手，鳥兒就全飛走了。看來不只是伊蕾妮雅，籠絡小動物是非人之人在城鎮中生活的常用手段。

「好了，該從哪說起呢。」

她坐在像是專門給人曬太陽用的木箱上這麼說。木箱只剩一個，我想留給繆里，結果她手一拉就要我坐下，然後她自己理所當然地坐我大腿上。

明明舉動像個愛撒嬌的女孩，腦筋還是很機靈。

「妳娘怎麼了？」

繆里一開口就刺中要點，讓夏瓏不禁睜大了眼。或許是也覺得從這講起比較省事吧，她聳聳肩說：

「我的母親是擁有美麗金翅的黃金鷲。」

「是喔～金翅啊……」

稱夏瓏為雞的繆里似乎還是覺得擁有金色羽翼的鷲非常迷人。夏瓏對這個反應有點不解，但並不反感。

「後來不曉得出了什麼事，總之她和教會的聖職人員發生關係了。至少還和平相處了一段時間。」

禁止娶妻的聖職人員，竟與非人之人相戀。

這種事會被吟遊詩人編成怎樣的歌呢。

「可是那些人為了升官，會想盡辦法掩飾自己的汙點。如果是鄉下小鎮的教會，裡面的老大地位就好比小國之君，沒這個必要。不過在這麼大的城市，那是一定要做的事。」

想從小教區升遷到大教區，不只是住所，幾乎所有一切都要改變。若需跨越城牆，還得申辦身分證，有小孩就得弄清父母是誰。

「當然，那些人早就習慣聯合做那種骯髒事，割捨礙事的母子跟吃飯喝水一樣。他們會把洗禮名簿上的嬰兒篡改成別人，然後在下葬名簿捏造一個丈夫，一個良人先走一步的帶子寡婦就這麼誕生了。在官方證書上，這對母子和真正的父親之間再無瓜葛，切得乾乾淨淨，從此井水不犯河水。」

聽了這些話，腿上的繆里扭身看我。

一副「不會吧？」的詫異眼神。

「純以文件來說……是做得到沒錯。」

如同換個裝就能改變他人目光，紙筆也能輕易改寫一個人的背景。

「然而紙包不住火，況且當地人其實也都會知道真相，流言很容易就會傳開。再說，當聖職人員的情婦可以過好日子，周遭的態度自然冷淡，沒有他們的棲身之所。最後在當地或相關地區都待不下去，只好遠走高飛。但這樣問題又來了。」

夏瓏嘆口氣，垂下肩膀。

「小孩是個麻煩。就算有身分證，城門關卡的守衛也會懷疑她為什麼大老遠帶著小孩來到這裡，是不是丈夫犯了重刑，或是不守婦道被丈夫休了什麼的。要不然……就是被教會或貴族拋棄的情婦母子。」

她抬起頭，瞇著眼仰望太陽並繼續說：

「大部分母親會身心俱疲，不知道如何是好，最後把孩子留在教堂或修道院門口一走了之。明明是被教會害得這麼慘，最後還是只能靠教會，有夠諷刺。」

「怎麼這樣……」

這種淒慘的事，不是紐希拉最佳夫妻的女兒所能想像的吧。

「那妳娘……也是這樣？」

繆里這次沒叫夏瓏雞。

夏瓏看著繆里聳聳肩。

「那所孤兒院裡的孩子，每個都有差不多的故事。克拉克是比較聰明，被父親當『外甥』留下來，最後當了個小小的聖職人員，但我和我母親就沒那麼幸運了。她畢竟是翅膀可以圍住一整間房子的巨大黃金鷲，沒辦法去森林裡打獵養我。如果她把森林裡的野獸抓一抓，賣給皮草商或肉販就能賺到一大筆錢了吧。」

會這麼說，就是沒這種事。

「她活了很長的時間，知道找人類作伴會是怎麼回事。她無法掩飾自己不會衰老，說出自己的身分，跨越雙方的鴻溝牽起我父親的手。她就是這麼相信他。可是、可是……」

夏瓏的眼忽然黯淡無光，眼中的憎恨在日光下更為顯著。

「那傢伙卻背叛了我的母親，只為了升他的屁官。」

繆里這次扭動，是被她暴露的憎恨逼退了吧。

「我母親從此再也無法忍受人類社會，聽說是留下我之後就往西方大海飛走了。」

眼中的憎恨淡去，轉為傷悲與哀愁。

但夏瓏話裡有個字眼引起我的注意。

「『聽說』是什麼意思？」

夏瓏抬起頭，無力地側傾。

「當時我還只是嬰兒，事情都是從收養我的羊老頭聽來的。而且那個老頭偏偏還是在修道院養羊，好像我們再怎麼掙扎，都逃不出教會的網一樣。」

所以她要放火燒了整張網。夏瓏的恨也像揪結的網，困住了她。

另一方面，我也覺得這個世界真的很小。

「妳說的羊該不會是黃金羊吧？」

夏瓏坦然表露她的驚訝。

「你也認識哈斯金斯？」

「看來每條路都是彼此相連，總有交會的一天呢。」

我習慣性引用聖經的句子，讓夏瓏哼了一聲。

「那妳娘是飛到伊蕾妮雅姊姊說的西方大陸去了嗎？」

「啊？喔，妳說那個啊……西方大陸的事，都是這個王國和大陸西部沿海居民自己在傳的。羊老頭也是為了堵我的嘴才那樣說的吧。我才不信。」

夏瓏冷淡的態度讓相信西方大陸存在的繆里不太高興。

「鯨魚伯伯跟我說過，那不是不可能的事。」

「……什麼？」

「可是鯨魚伯伯也游不過去，他也不想去就是了……」

夏瓏掃興地嘆息，但繆里還沒說完。

「可是他還說，海底很深的地方有難以置信的超大腳印，而且明顯是往西方走喔。」

「腳印？」

繆里站起來說：

「應該是獵月熊。」

那是非人之人都一定聽過同伴們提起的，傳說中的災厄。

夏瓏眨眨眼睛，一時啞口。

「……唬我的吧？」

「妳是說我騙人嗎？」

眼看她們又要互瞪起來，我緩頰說：

「歐塔姆先生不會說沒有根據的話。」

鯨魚的化身歐塔姆也是個硬脾氣的人，相信他是從不說謊。

「……西方大海盡頭的大陸啊……」

夏瓏煩悶地呢喃，皺起眉頭。

她的母親飛向了西方大海，而傳說中海的盡頭有塊大陸。往西方飛很有可能是哈斯金斯善意的謊言。

但我也不是無法體諒夏瓏一口否定的心情。

因為她的鷲形儘管優美勇猛，也還是普通的鷲，和繆里一樣在森林見到了也不會驚奇。她知道憑自己的翅膀怎麼也飛不到大陸，而憧憬不可能的事是愚昧之舉。若不是愚者，心裡一定會很苦。

伊蕾妮雅或許是因為羊不會飛翔也不會游泳，才反過來追尋大陸的傳說。

想到這裡，夏瓏起身說道：

「無論那塊大陸存不存在，我要做的事都不會變。不把教會的垃圾拖上街頭吊死，我絕不會罷休。要是報不了這個仇，我拿什麼臉去見母親。」

這句話並不要求我同意，也不期待我有所共鳴吧。

她往孤兒院瞄一眼，看著我說：

「教會是強大的組織，能以徵稅權為後盾放手攻擊他們的機會，恐怕不會再有下一次。千萬別礙我們的事。」

並說完就走，錯身時小聲叮囑：

「克拉克不知道我的事，別亂說話。」

不等我回答，夏瓏已開門入內，木窗縫隙傳來孩子們的吵鬧聲。

「哼，沒骨氣。」

繆里不知何時站在我身旁，兩手扠腰。

「哪有因為自己飛不到，就騙自己說大陸不存在的啊。」

看來我們對夏瓏有同樣想法，不過我不至於覺得她沒骨氣。

「她應該吃了很多苦，只是想法比較實際而已。」

雖然聖經上說人不能只靠麵包過活，但聖經不能代替麵包給人充飢，夏瓏應也是經過無數顛沛才來到這個城市。

「而且她的憤怒，不只是屬於她自己。」

「什麼意思。」

我慢慢吸口氣，回答繆里：

「她不是要管那些徵稅員嗎？會資助孤兒院也是一樣，夏瓏她不是能夠見死不救的人。所以她就算好奇西海盡頭的事，也不得不把它趕出腦袋去。」

「……」

繆里像是對夏瓏叫她狗還有點生氣，表情不太接受，但沒有反對。

夏瓏看著孩子跑去吃飯的隊伍，說她不喜歡小孩。

然而眼光銳利的繆里不會漏看她當時放鬆的表情。

「我當然也是覺得那隻臭雞有資格生氣啦。」

雖然又叫她臭雞，不過那反而像是暱稱，令人莞爾。

「……你笑什麼？」

「沒什麼。」

見到繆里長成如此心地善良的少女，作哥哥的怎能不開心。

「至少我們現在知道要修理誰了吧。」

我深感同意。

「雖然我和夏瓏小姐所期許的『距離』不同，方向倒是一致。」

光是知道夏瓏等徵稅員並不是克里凡多王子為製造內亂而僱用的先鋒就很有收穫了。這樣就不必將夏瓏他們視為敵人，也沒有不能合作的理由。而既然他們的戰鬥是源自憤怒，表示還有和解的可能。

畢竟復仇不會孕育出任何東西，必須設法勸她停手。

「可是啊，大哥哥。」

「怎樣？」

就在我反問之後。

繆里整個人撲過來，害我差點從木箱上跌出去。

「繆、繆里。」

不曉得是怎麼了，她兜帽和袍子底下，狼耳狼尾都膨了起來。

「大哥哥不會拋棄我吧？」

驚訝就只持續一瞬之間。

我有不會那麼做的自信，也因此了解總是渾身自信的繆里也有弱女子的部分，反而放心。

繆里臉壓在我胸口上，我摸摸她纖瘦的背，說：

「要是妳調皮搗蛋得太過分，我就不敢保證了。」

「什麼！」

我回視抬起頭的繆里，對她微笑。

「妳不是守規矩的乖女孩嗎，不用擔心這個吧？」

繆里馬上發脾氣，又往胸口擠。

尾巴不高興地甩了兩下，忽然停住動作。

然後小聲說：

「我們來修理這個狗屁教會吧。」

繆里也曉得什麼叫正義。

我對臉貼著我胸口不起來的繆里淺笑，在她頭上吻一下。

「女孩子說話不可以這麼粗魯。」

她的尾巴刷刷刷地抗議。只要靜下來，明明比貴族人家的千金還要可愛，但她骨子裡還是山上長大的野丫頭。

不過她也懂得為夏瓏憤慨。這是因為她有不輸貴族千金的高潔情操吧。

「好了，妳這樣被夏瓏看到的話，人家又要笑妳了。」

我拍拍她的背，繆里不情願地甩甩尾巴抬起頭來。

並且吊眼瞪人。

「再抱我一次。」

「好好好。」我無奈嘆息，順了公主的意。

知道夏瓏等徵稅員要的不只是錢，也不是克里凡多王子的先鋒，他們有他們的大義名分，是很大的收穫。

當然，他們不是出於對信仰的理念，而是為自己的過去所發的迫切之戰。但在消滅教會的弊端這點上，我們方向一致，我認為神也會樂見我撫平他們的苦痛。不支持他們這樣的人，我又憑什麼聲稱自己的信仰路線是正確的呢。

無論如何，都需要切斷教會與商人的連線，以避免王國因物資縮限而陷入混亂，甚至讓克里凡多王子趁機篡位──對抗教會有其必要性。

教會的弊端，是非要匡正不可。

「最要緊的還是商人那邊呢。」

只要知道他們為何團結得如此異常再對症下藥，或許就能煽動他們叛離。失去了商人這個武器，教會喊開戰前就得三思了。

但即使我對難懂的神學有點自信，對於商場仍是一無所知，更別說猜測商人雲煙般難以捉摸的心在想些什麼了。

擔心自己看不透商人的心思時，我往身旁的繆里看了看，想法稍有改變。畢竟我們這一路上都是化不可能為可能的旅程，面對挑戰的不只是我一個。

離開孤兒院的路上，我和最值得信賴的好夥伴繆里討論怎麼對付商人。

繆里喜歡快刀斬亂麻，提議扮成小夥計進去打工探消息，我是打算有必要的時候請她父親羅倫斯過來幫忙。

因為羅倫斯是高明的商人，曾經顛覆北方地區的經濟狀況。在商人的問題上，我心中沒有比他更可靠的人，可是繆里聽了臉立刻皺成一團。

不需要這麼反感吧。隨後，繆里告訴了我理由。

「爹來的話，娘不就會一起來嗎。」

繆里總是我行我素，不敢違抗的就只有母親赫蘿。而且他們夫妻倆如膠似漆的好感情，好像真的快把繆里給黏死。

這樣想是比較孩子氣，但我還是得尊重她的意見，其實我自己也是把求助於羅倫斯和賢狼赫蘿當成逼不得已的最後手段。

「嗯……不過只靠我們兩個，戰力明顯不足。寫信的話……或是拜託希爾德先生……海蘭殿下應該還沒和希爾德先生當面談過吧……」

在我左右為難時，繆里受不了地說：

「就跟你說我混進商行當密探就好了嘛。」

「拜託喔，這可不是鬧著玩的耶。」

「啊～？大哥哥忘記我有多厲害了嗎！」

邊走邊談的我們目標不是黃金羊鹵亭。即使是繆里這個貪吃鬼，聽了夏瓏的故事和見到孤兒院的小孩以後，也沒有臉自個兒大啖羊肉。我也塞了幾個零錢進捐獻箱。

於是我們找攤子買了點簡單的東西吃之後才往海蘭借宿的宅邸走。到了門前，繆里察覺什麼似的嗅了嗅。

「……有沒聞過的香味。」

「繆里，妳這年紀的女孩不可以這麼不檢點，而且妳不是才剛吃過東西嗎？」

經我這一訓，繆里難得露出受傷的臉。

「大哥哥大笨蛋！我才不是講吃的咧！」

「真的嗎？」

「大哥哥老是把我當小孩子！完全不是你想的那樣！這裡有很濃的花香！」

原本還猜想是糖漬花瓣，但既然很濃，說不定是香水。

請傭人開門進了宅邸，我們見到一輛豪華的四馬拉馬車停在空中走廊下。

「海蘭殿下有客人，那多半是香水的餘味吧。」

「香水？喔～很香但是不能吃的那個。」

這重視食物勝過打扮的反應讓我安心了點。

「話說這輛馬車還真不得了，是貴族的嗎？」

「不曉得是從哪裡來的耶，有好多好多沒聞過的香味喔。」

馬車又高又寬，坐八個大人都不勉強吧。漆黑的車身上有許多優美的雕刻，重點式點綴的金飾營造出一股神祕的威嚴。

車窗還裝上了亮晶晶的玻璃板，光是這樣就要一大筆開銷了吧。

「好了，進去吧。」

要是丟著不管，繆里搞不好會爬到馬車上去，我便牽起她的手進屋。

既然海蘭有客人，報告大概要等到晚餐以後了。我是很想儘快說明夏瓏那邊的事，認真討論怎麼挖掘商人與教會的聯繫。正好，前面來了個女僕。

向她打招呼，想問海蘭的狀況時，對方先開口了。

「寇爾先生，您回來得正好，海蘭殿下和各位都在等您呢。」

「咦？」

我不禁往身旁的繆里看，繆里也是不解地歪起頭。

「該不會是爹跟娘來了吧？」

我覺得不太可能，可是我也想不到還有誰會來到這種地方並特地等我們。況且知道我們在這的人少之又少，就只有綿羊伊蕾妮雅和鯨魚歐塔姆。總之既然人家在等，就得去見見人家。

「那我們換個衣服馬上過去。」

正對女僕如此交待時，繆里插嘴道：

「穿這樣比平常那些無聊的衣服好看吧？」

我以聖職為志，說衣服無聊反而是讚美。但正想這麼回嘴時，女僕也說我這一身是正式禮服，不會失禮，只好作罷。

「那就請妳帶路吧。」

我們就此隨女僕前往會客室。經過一間間房，數到第四張板著臉的肖像畫後，發現下一道門前站了兩個服裝特異的人。

「我帶寇爾先生來了。」

女僕對門前的兩人組優雅行禮。

兩人組腰間繫著有金飾的長劍，八成是客人的護衛。而其高挺的鼻樑，曬得黝黑的皮膚和黑頭髮，飄散著濃濃的異國風情。那一身金銀刺繡的服裝，看起來很像旅行到紐希拉的演員。在寒冷北國紐希拉有個頗受歡迎的戲碼講的是沙漠的故事，其戲服就跟這裝扮一模一樣。

我往身旁的繆里瞄了一眼。果然沒錯，好奇心已經讓她兩眼閃閃發光，很怕她耳朵和尾巴會順勢跑出來。

「請進。」

其中一人輕聲說，並敲敲門，附耳聽回答才慢慢推開。

隨後是我也聞得到的宜人花香撲鼻而來。
「喔？寇爾，你來得正好，我正想派人去找你呢。」
王族海蘭特地離座來迎接我。
備感光榮之餘，也擔心這會對客人失禮，但這種想法只留存了一瞬間。海蘭只是佯裝迎接，嚴肅地對我看了那麼一眼。
繆里當然也察覺了，充滿好奇心的臉立刻恢復原樣。
看來拜訪我們的，就是這麼不能輕忽的人物。
「這位客人，黎明樞機回來了。」
我往狹長房間中坐在長桌正中間位置的人望去，不禁睜大了眼。因為那人在室內也讓丫鬟替她撐著大傘。
而且這把傘還是用醒目紅布為底，以金線繡上花草動物，邊緣還垂吊著滿滿的銀穗。就算不是繆里也會看得目瞪口呆。
除了豪華絢爛，我想不到其他詞語來形容這把傘，而且她的丫鬟也是絕世美女。豐沛的黑髮別上許多細緻金飾，底下那雙眼角深邃的眼睛對我微笑。
看到這裡，我才終於想到她的服裝跟紐希拉的舞孃很像。傘上刺繡裡，還有體型似馬，背上長了大瘤的動物。

優雅地坐在傘下，看不見長相的人穿著類似聖職人員的長袍，但到處是細微刺繡，十分華奢，脖子上還掛著搶眼的綠寶石墜鍊。在陽光酷烈，人們更愛月亮的遙遠南方，這樣的寶石常現於敘事詩之中。

沙漠之民。

但我也只是聽過沙漠的故事，沒去過那種地方，當然在那裡也沒有認識的人。

就在我猜想究竟是誰的那瞬間。

「好久不見啦，寇爾。」

傘下傳來的聲音使我一愣。

不是因為對方知道我的名字，是因為我認得這聲音。

「不、會吧。」

沒錯，知道我在這裡的人，世上還有另一個。

傘下的人擺擺手，丫鬟隨即恭敬地移開大傘。

現身的人物，有張令人十分懷念的臉。

「伊弗小姐！」

在我和繆里差不多年紀，跟著羅倫斯和赫蘿過著只能說是冒險的生活那段日子，我見過許多人，獲得許多經驗。若要舉出永生難忘的人，頭一個就是伊弗·波倫。

她是個氣質與羅倫斯迴異的商人，就像頭餓狼般，連賢狼赫蘿都要防著她。也難怪海蘭這麼警戒。

不過她只是舉止容易遭人誤解，實際上並不是壞人。我知道她曾在南方土地獲得巨大成功，經過十年的時間，她的財富應該是翻了好幾倍吧。

「伊弗小姐，好久不見了！」

伊弗從以前就很照顧我，只是她基地在遙遠的南方，要往來只能靠寫信。

意外的重逢讓我高興得不得了，忍不住跑上前去。

「是伊蕾妮雅寄信給我的。我想一定要見你一面，就找了快船趕過來了。」

「原來是這樣啊。可是到這裡來不是很遠嗎……」

「還好啦，有其他的原因……呵呵，她就是那傢伙的女兒啊？長得還真像。」

伊弗也有參加羅倫斯和赫蘿的婚禮，當然知道赫蘿有孩子。被伊弗一盯，繆里的表情整個緊張起來。

接著伊弗露出使壞的笑，並保持笑容，像個接見臣子的王妃朝我提起手背。

「寇爾，向女性長輩要怎麼行禮，你不會不知道吧？」

我不覺得這是驕橫，因為她就是喜歡玩這種像演戲的遊戲。於是我也如臣子般單膝跪下，托手觸額，最後再輕吻一下。這是騎士對淑女的禮儀。

海蘭和繆里似乎都抽了口氣，但抬頭見伊弗笑得很大方，一點都不像手握大權的大富豪。

「騎士禮儀我也只是教好玩的，過了十多年你還記得啊。」

「因為您教了我很多事嘛。包含真的有人賭命賺錢眉毛也不挑一下的。」

伊弗無聲的笑容漸濃，透露出商人的圓滑。

「海蘭殿下，讓您見笑了。太久沒見面讓我一時激動過頭了。」

「喔，沒關係……」

伊弗曾經是溫菲爾王國的貴族，在窮困潦倒後翻身成為大富商。那一身甚至比王族海蘭有過之而無不及的優雅舉止，實在令人讚嘆。

「兩位認識啊？」

我對詫異的海蘭靦腆地笑，回答：

「對。當年我只有繆里這個年紀。另外，日前在迪薩列夫協助我們的伊蕾妮雅小姐也是為她做事。」

海蘭明白地點點頭，轉向伊弗。

「可是，波倫商行之主遠道而來，不是只為了敘舊吧？」

海蘭在自己坐下前先拉椅子給繆里坐，展現出不同於伊弗的高貴。說不定那是想拉攏繆里。

繆里雖沒露牙，但表情明顯不高興，搞不好一開口就會罵我花心。

「從前陣子，我就不時聽說王國和教會的衝突開始有些變動，後來我們僱用的人寄了封很有意思的信給我。當年毛都沒長齊——抱歉，像剝完殼的水煮蛋一樣潔白的少年，現在居然變成人稱黎明樞機的大人物了。」

我知道伊弗在開玩笑，什麼也沒說，不過繆里的視線刺得我好痛。

待會兒肯定會被她徹底盤問一遍。

「我並不是個虔誠的信徒，但我做人處世有幾個鐵則。」

伊弗緩緩換邊翹腳，說道：

「做大買賣的時候，一定要親自把關。」

「大買賣？」

「沒錯。海蘭殿下，我就是為了這樁大買賣匆匆來到這個仍有一絲寒意的地方，一直守在港口……結果沒想到寇爾他……喔不，寇爾先生已經獲得殿下您的保護了。」

精明的伊弗收到伊蕾妮雅的信，應該立刻就明白我正與海蘭合作才對，所以是刻意裝糊塗吧。不過聽她這麼說，我心裡五味雜陳。

夏瓏說她的鳥同伴一直在監視我，海蘭也說她為了我的安全而在港口派了人。

一想到自己受到如此多方矚目，就覺得黎明樞機這個稱呼完全是獨步於前，不管怎麼想都好可怕。

「在南方無人不曉的波倫商行之主來這裡做大買賣，而且還為此找上這位黎明樞機……」

海蘭靠著椅背，以我也很少見的貴族語氣這麼說，鄰座的繆里也毫不鬆懈地盯著伊弗。

「能請教您究竟有何貴幹嗎？」

海蘭這一劍被伊弗的微笑輕輕擋開。

「當我仍名列於這王國的貴族時，在社交場合上也只能當壁花。想不到到了今天，居然成了王族問我有何貴幹的身分，人生真是奇妙啊。」

氣氛立即緊繃。

我不解地往伊弗看，而她竟戲謔地閉起一眼。

「呵呵。前任國王的錯誤政策害得我家族一敗塗地，被迫離開這個國家，讓我怨個一句不為過吧？」

連海蘭都無言以對，愣在原處。

完全被伊弗的氣場給壓倒。

「話說回來……」

伊弗收正雙腿，挺直背脊，突然板起面孔。

她水果爛熟般的氣氛，頓時變得英氣煥發。

「如您所知，我以前是貴族，後來在其他國家成為商人。經過許多奇妙的際遇後，我積攢了足以引來各種臆測的黃金。因此以不才我的愚見來看，就算我直接來拜會殿下並說明我的計畫，您也不會輕易相信。」
前一刻，她還是可疑的沙漠商人。
但她以銀鈴般語調說話的模樣，卻宛如在王宮向國王稟報的貴族。
「所以我就想到請這位黎明樞機閣下替我說句話。」
伊弗的視線讓我不知所措。
「您說我嗎？」
「寇爾先生知道我很多事。包含以他的基準來看並不道德的事，還有值得信任的部分，很多很多。」
她說完還對我擠眉微笑。
「……」
海蘭和繆里看我的眼神一個顯得遲疑，一個像看背叛者一樣。
不過我大概明白自己要扮演什麼角色了。
伊弗知道自己是個任誰見了都覺得心懷鬼胎的人，而她來這一趟也確實有其目的。但若沒人替她擔保，恐怕是作不了生意。
這時候能靠的，就只有我而已。

聖職人員只要有心，即可輕易捏造一個人在哪出生、跟誰結婚、何時過世。認識什麼人，有誰的保證，比金山銀山更有說服力。

我當然不可能知道伊弗的一切，知道也不會全說。

但有件事無庸置疑。

「在買賣這方面，伊弗小姐很值得信賴。」

畢竟她是可以眉也不挑地就把命賭在賺錢上的人。當時羅倫斯和赫蘿，以及力量微薄的我，協力在千鈞一髮之際解救了她。

即使差點丟了小命，她還是沒有就此罷休。若黃金可以作信仰，那她堪稱是殉教徒了。

「只是——」

補上這一句，是因為伊弗是連賢狼赫蘿都要盯緊的，披著人皮的狼。

「先請您說明您究竟想做什麼吧？」

伊弗少女似的笑了笑，說道：

「我想獨占溫菲爾王國的進出口貿易。」

伊弗．波倫。

連神也不怕的守財奴，依然不減當年。

第三幕

我不認為伊弗會在談生意時開玩笑或誇大其詞。

所以摸不著頭緒。

「抱歉，您說什麼？」

不只是我，海蘭也一樣。

「我想獨占溫菲爾王國的進出口貿易。」

伊弗泰然微笑，一字不差地重複。

果真不是開玩笑。

我與海蘭隔桌相視，再往伊弗看。

「伊弗小姐，我知道您是不會在這種事開玩笑的人，可是……」

「很簡單啊，黎明樞機閣下。你們王國這邊，現在不是正為了遠地貿易商聯合惡整你們在頭痛嗎？」

在場沒人會責怪伊弗語氣對王族不敬，而這樣說話也與她十分契合，感覺像敞開心胸一樣，令人莫名信任。

況且她說的也是事實，更增添信度。

「波倫小姐對狀況的了解，應該比我們還清楚吧。」

海蘭似乎也習慣了伊弗，鎮定以對。

「我是有這個自信，所以想到這會是筆大買賣，怎麼也坐不住就跑過來了。你們都在想，教會那些王八蛋不曉得用了什麼招式和外地商人聯手，要斷你們的糧。再這樣下去，不管教會說什麼都會被迫讓步，或是在不利狀況下開戰。到底該怎麼樣，才能不被他們牽著鼻子走。」

海蘭為這番話表情緊繃，一旁繆里則是聽得睜大了眼。當然那不是在怪罪她說話無禮，正好相反。

她很喜歡傭兵或海盜那種打打殺殺的故事，而伊弗一副海盜頭子的氣質。好奇心和敵意的揪結，體現在她複雜的表情上。

「所以妳有什麼好辦法嗎？」

海蘭的反應像是在敷衍登門推銷的商人。

可是她當然沒有外表那麼冷漠。若論信仰世界的奧妙之處，我和海蘭都還略知一二，對於行商就一竅不通了。

而這時候，在群魔亂舞的商界中如巨蛇般橫行的伊弗來到這裡，原本我們是該舉手歡迎，拜借她的智慧才對。

問題是就算伊弗這個人值得信任，也不能疏忽大意。

「有，而且我也有錢能賺。」

她如此斷定後的下一句話，讓我不敢相信。

「教會為確保優勢，會要求商人撤離這個國家，而我們的商行，可以為你們提供任何來自南方的物資。」

伊弗的左側嘴角高高吊起。

簡直就像童話中的壞狐狸。

「大量小麥、吃不完的肉乾、可以灌滿整座湖的葡萄酒和油料，我們都能準備。不用說，磨得亮晶晶的鐵製兵器、做工細緻的毛織品、鞣好的皮草等所有工匠需要的原料和加工工具，我們也都能給你們送來。當然，我的船滿的來也要滿的走。王國出產的羊毛、泥炭，還有別的地方買不到的能燒的酒，銷路我都可以保證，為王國人民帶來大把黃金。」

真真確確，所有交易一手包辦。

伊弗說的就是這麼回事。

「……伊弗小姐。」

然而如此荒誕無稽的說詞，換來海蘭極為冰冷的答覆。

「您真的覺得自己辦得到這種事嗎？」

「當然可以。」

沒有絲毫遲疑。原本往長桌探出身子的伊弗，現在自信十足地往椅背一靠。要是她說自己能分斷大海，我搞不好也會信。

海蘭愈聽愈頭痛似的閉上眼，一字一字慢慢解釋道：

「妳是南方的商人，妳說妳做得到的事，對於南方依然權大勢大的教會無非是背叛行為。而且其他商人都跟教會聯手撤離了，妳的商船憑什麼繼續開呢？」

這是很順當的問題，但伊弗不會沒準備。集在場所有視線於一身的伊弗用魔術師揭密的表情和變得非常刻意的語調說：

「海蘭殿下，我以前可是這國家的貴族喔？所以我能告訴教會，溫菲爾王國迫切需要物資，一定會相信、依靠我的商行。」

「妳說教會……？」

「沒錯。事實上，我已經這麼說了。」

伊弗又換邊翹腳，改變口吻。

「我對他們說，伊弗．波倫因為家道中落，將自己和家名一起賣給了商人，可是連那個商人也因為國王的錯誤政策而破產，失去一切。如果告訴國王，即使我在遙遠南方翻了身，還是懷抱著復興家族的悲願，若能助王國度過這次危機，還請重新封我爵位，國王一定二話不說就會答應。然而我也是因為王國犯錯而嘗盡辛酸的人，現在正是報仇的好機會。只要借貿易之便套出情報洩漏給教會，到了開戰之時再單方面停止一切交易，王國一定會陷入巨大的混亂。」

笑容底下的是謊言，是玩笑，還是重重掩藏的真心呢？

見到海蘭緊張的樣子，伊弗稍微聳肩。

「我覺得這說詞很有說服力呢。」

當然，那不是笑得出來的內容。海蘭儘管難以招架，但總算是挺了回來。

「原來如此。那麼伊弗小姐您就是要反過來作我們的間諜嗎？」

「正是。我可以向你們透露教會的所有動向，而且我掌握南方的物流，教會為戰爭準備些什麼、有什麼計畫都瞞不過我，連他們晚餐吃什麼都能告訴你們。而且在開戰之後瞞著教會耳目走私，在技術上並不難，問題在於要有港口可以接應那麼大量的貨物。畢竟從頭到腳都要走私，一次能運的量很有限。要是沒有在地權力擔保，在這一關就卡死了。」

伊弗稍微側首。

「怎麼樣？沒有黎明樞機作保證，沒人會相信這種事吧？」

就像騙子說我只會說謊一樣。

「總之就是，只要我能賺來大把黃金，不管做什麼都好。我對王國是有那麼點鄉愁，但現在既不怨恨也不執著。教會就更別提了，我根本沒理由幫他們。畢竟啊——」

伊弗看著我說：

「我可是黃金的奴隸呢。」
她說得一點也不卑屈。那就是伊弗的自信來源。
行動方針一旦訂定，就要直線邁進。
人將這樣的行為，喚作信仰。
「我明白妳的意思了。」
海蘭為難地開口，注視伊弗說：
「不過，這樣還不足以讓我相信妳。」
突然上門說這麼荒唐的事，沒拔劍怒斥她無禮就不錯了。
伊弗似乎也猜到她會這麼回答，若無其事地保持微笑。
「而且像妳這樣的大商人，一定會想到我會這樣回答，再拿出點東西來吧？」
羅倫斯曾告訴我，不輕易攤牌是商人的基本功。
伊弗滿意地在腿上交錯十指說：
「原本還在想是哪裡的無名小卒拐走了我可愛的寇爾小鬼，結果還滿有看頭的嘛。」
要是漢斯在場，恐怕會被這無禮之言氣到口吐白沫昏倒。
但海蘭只是睜大眼睛，隨即苦笑起來。
「我並不否認我是無名小卒，但是如果就這麼無名下去，黎明樞機的監督員也不會准我接近他吧。」

海蘭這麼說之後轉向身旁的繆里。

「是吧？」

「大哥哥，過來這邊。」

我現在跟海蘭和繆里隔了張長桌，也就是在伊弗這邊。

繆里的反應逗得伊弗瞇起了眼，聳聳肩說：

「過去吧。騎士就是要在公主身邊嘛。」

伊弗比任何人都更適合用孤狼來形容。

在她背後拿傘的美女，和外面守門的兩名護衛，肯定都是打從心裡認定伊弗是他們該服侍的主人，不過我覺得他們所崇敬的伊弗看他們的眼裡還是有幾分冰冷。

伊弗下的令他們一定不敢違背，因為伊弗肯定比任何人都了解打從心裡信任一個人的價值。

到了繆里身邊，她用力揪住衣服把我拉過去。

如果是吃醋女孩的熱情擁抱，或許還好一點。

「少玩弄大哥哥，我來陪妳玩。」

看來我才是被保護的一方。

「呵呵。不錯嘛，不愧是她的女兒。」

伊弗笑了笑，對後頭拿傘的女孩使眼色，對方隨即將掛在牆上的白色貂皮大衣拿過來。據說做這麼一件需要用到千隻白貂的皮，也就是奢侈品中的奢侈品。

「無論情況再怎麼急，如果這麼簡單就接受我的提議，那你們也不值得我冒險……但看來還有點希望。反過來說，我還是想繼續推銷我的提議。」

伊弗站起來，邊穿大衣邊說：

「海蘭殿下，我知道您懷疑我能否實現我說的話。可是，我當然是克服了問題以後才來到這裡的。」

「所以妳要開牌了嗎？」

伊弗在大衣底下露出溫暖的微笑。

「我會開的。當然那不會只是幾張羊皮紙而已。」

「什麼時候？」

簡短的提問，有不給人動歪腦筋的意味在。

「愈快愈好。徵稅員和貿易商之間的衝突是一天比一天激烈吧？教會無疑會拿這作火種掀起戰火。」

師出要有名，而夏瓏他們和貿易商的對立就是十足的理由了。

「那不如就明天吧……明天約在黃金羊齒亭怎麼樣，那邊有包廂可以避人耳目。」

既然是海蘭知道的店，說不定還有貴族用的貴賓室呢。

「不過，您親自前往會太引人注意。」

那麼赴約人選，已是必然的了。

我點頭答覆海蘭的視線。

「我很仰慕伊弗小姐您，但也知道您是個狠角色。」

伊弗接著說：

「如果寇爾的眼睛會只是因為認識我而蒙蔽，那就表示我也一樣沒有識人之明。況且要是我耍手段陷害寇爾被那位小姐知道了，她一定會來要我的命，我可是敬謝不敏。」

雖然是開玩笑的口氣，但海蘭似乎也看懂了繆里的表情。

「那好吧。妳能不能信任，我就交給黎明樞機去檢驗。」

「還有我。」

「那當然。」

海蘭補上這一聲後，伊弗當作話已經談完而走向門口。我不曉得誰才是這裡身分最高的人，可是掌控這場談話的無疑是伊弗。

護衛開門時，她轉頭說：

「就明天中午吧。我會準備馬車，可以嗎？」

「沒問題。不過車夫我來準備，我也會事先捎個口信給黃金羊鹵亭。」
應該不是在互相牽制綁架或毒殺的可能吧。伊弗只是微微笑，沒說什麼。
最後伊弗往我看來。
「看來明天我們是不能獨處了，不過來日方長。」
我回以苦笑，伊弗也瞇眼微笑，就此離去。
門碰一聲關上後，頓時感覺房裡寬敞很多。
正覺得伊弗還是沒變而莞爾時，我感到兩道銳利的視線朝我射來。
「能占用你一點時間嗎？」
這是海蘭說的。
「大哥哥花心鬼。」
而繆里果真這麼說了。

即使海蘭把伊弗的事徹頭徹尾問了個清，但無論她再怎麼可疑，也不能一腳踢開。畢竟在對抗教會與商人的詭計上，沒有比她更有力的幫手。
「真是個想留在我們王國，但又不太敢留的人。不過我倒是承認是個大人物……」

「真的很難安心呢。」

伊弗也確實帶來了會讓人輾轉難眠的計畫。光是她打的算盤，規模就足夠寫一本冒險故事了。然而這世界是大得殘酷又十分複雜，不許我只專注在一件事上。

我還有其他海蘭必須知道的重要消息。

「海蘭殿下，伊弗這件事是需要認真檢討沒錯，不過我這裡也有一件您需要知道的事。」

「什麼事？對了，你們回來得這麼早……是已經查到什麼了嗎？」

「是的。而且這跟伊弗小姐的計畫應該也有關連。」

海蘭端正姿勢，抬顎要我繼續說。

「是關於夏瓏小姐——喔不，徵稅員那邊的實際動機。」

聽了夏瓏說的那些事，海蘭臉上表現出不同於伊弗那時的緊繃。

「這……我感同身受。」

在海蘭這庶出王族看來，似乎有不少重疊。

「應該不會是克里凡多王子的先鋒了。」

「是啊……」

海蘭拳眼抵著嘴，不知在想些什麼。

「怎麼了嗎？」

「嗯？喔，沒什麼……」

海蘭長嘆一聲。

「那讓我很震撼。」

震撼？錯愕之中，我見到海蘭露出困惑表情，像是在猶豫該不該說出心裡的話。

「在我們這圈子，有孤兒背景的人並不稀罕……可是這和我所知的世界又差太多，讓我心裡很亂。」

手扶額頭的海蘭深呼吸整理心情後說：

「說老實話，我不知道教會腐敗成這樣。就我所知，聖職人員的私生子都是當做親戚來養，生活不會差到哪去。」

「這……」

「先聽我說。貴族和富人，在自己的土地上修建私人禮拜堂或修道院是很平常的事。不只是請人專門祈求武勳和家人健康，也是用來照顧神的羔羊。流浪各地研究神學的人，有很多會受到能夠了解他們的人的接濟吧？」

書籍很昂貴，筆墨也不是免費，想潛心思考也需要安寧的環境。假如領主和富人有鑽研哪一門學問或是有求知慾，甚至是信仰熱切，那麼在家辦起小有規模的讀書會也不奇怪。

「因為虔誠之外的理由，蓋私人禮拜堂或修道院的人也不少，而這些大多是富商。除了祈求生意興隆，還可以直接賺錢。經營這種地方很賺錢的事，你應該也有耳聞吧？」

例如在廂房擺放靈驗的聖遺物，就會吸引大批尋求奇蹟的人上門，而人來了錢就來了。有人會為了這股錢潮在附近設店，當獻金夠了，廂房會變成教堂、大寺院，使門前市場更加繁盛。

買一塊什麼也沒有的荒地，等它發展為小鎮，將帶來多大利益是可想而知。

就算沒那麼順利，只要在荒煙蔓草的不便道路上蓋一間可供旅人借宿的禮拜堂就能賺錢也是常有的事。

「這些私人禮拜堂或修道院的祭司，很容易動不動多了個『外甥』。雖然建設當初需要權狀，也要跟最接近的教堂打通關係，但私人教堂無法申請聖祿，也不在教會任命權的管轄之內。僱用與否，基本上完全看出資者的自由。因此，在沒能繼承領地的貴族次男、三男，討不到嫁妝的次女、三女雲集的修道院裡，經常能看到同樣無處可去的『外甥』和『姪子』在講經。由於那些地方都冠上了貴族或富人的名字，自然是裝飾得相當氣派，也就是說，幾乎能住得很舒適。我有好幾個朋友就是在那種地方。」

我也聽說過這些事，但這與夏瓏的故事有怎樣的交集？這時，海蘭像是審慎踏實每一步似的慢慢說：

「我向來以為，『外甥』和『姪子』的生活都是那樣。有的還可以接受正規教育成為聖職人員，爬到比『叔叔』更高的位置。畢竟他們有有力的『叔叔』，在升遷上有優勢。」

也許是為了抑制怒火吧，她緩慢吸氣。

「但是聽了那個叫夏瓏的故事以後，我才發現那恐怕只是少數。我……到底還是貴族的一員，只看見頂端比較清澈的那一層。他們不是篡改洗禮簿和下葬簿，把情婦裝成寡婦趕出去嗎？不知道……不知道有多少人犧牲在這個惡習底下，才能讓他們處理得這麼熟練。」

夏瓏和克拉克所在的孤兒院有不少孩子，不可能全王國的孤兒都在這裡，所以光是那一帶教區就已經有那麼多了吧。就連海蘭這樣對市井生活頗有了解的貴族也不曾瞥見的黑暗，是超乎想像地大。

儘管其中有些人因血緣關係受到厚待，衣食無缺，有的還能出人頭地，但另一方面，不負責任自私自利的人也非常多。

「我……原本還打算視情況阻止徵稅員。因為他們可能是克里凡多王子的先鋒，而且我也以為他們徵稅其實是為了錢。只要他們會像伊弗說的那樣，成為戰爭的火種，他們有什麼目的根本就不重要。」

海蘭的嘆息，是對於人世的殘酷和自己見識的狹隘吧。

「……知道這種事以後，是教我怎麼阻止他們呢？」

在有不少貴族斷言下層階級不許反抗權力者的狀況下，海蘭的憤怒令人寬慰。

「我也是這麼想。不過身為一名愛好和平的人，我還是想盡可能避免戰爭。」

海蘭當然是大大頷首。

「在感情上，我站在他們這邊。但老實說，想阻止徵稅員應該是非常困難。這麼一來，就需要從貿易商和教會的關係著手……要是真的切不斷，就需要一個能讓他們算盤泡湯的計策。」

到了這裡，就接上伊弗的計畫了。

「那個叫伊弗的提出的計畫，正好是一場及時雨。喔不，根本是救命繩啊。」

海蘭喃喃地這麼說，拳抵著嘴沉思。

伊弗表示她要反過來利用教會的詭計，但也因此令人懷疑。

即使是黑暗當中的希望之光，也無法冒然伸手。

「真是的，原本我現在應該把你引薦給國王或第一王子認識的，可是看樣子要延後一陣子了……」

海蘭吐出哽在胸中的氣，靠上椅背說：

「這不是我能獨斷的事，必須上奏，可是這樣他們肯定會滿腦子都是這件事。而且——」

她往我看來。

「國王已經為如何對付教會苦惱很久，很可能會直接採用這個提案。因為無論風險再大，這來得實在太是時候，利益也大得不得了。」

也就是伊弗在絕佳時刻獻上了絕佳妙計。

「然而成功就算了，考慮到還是有可能出差錯，我認為你應該跟這件事保持距離。畢竟等事成之後，要怎麼推銷你都可以。國王或有權勢的人，也只有笑得出來的時候才願意見人。」

海蘭說得像是玩笑話，不過我仍為她用心之深佩服不已。

這件事如海蘭所言，牽扯到王國的命運。所以海蘭不能私自決斷，必須稟奏第一王子，王子再告訴國王。一經採用，海蘭也要負責。

由於計畫本身聽起來太驚人，還有伊弗這個不安要素，我嘴裂了也不敢說這是把有利的賭。然而海蘭卻想獨自扛下所有責任，不讓國王或第一王子對我留下壞印象。

「對了，你看起來好像很信任那個伊弗。」

海蘭將話題拉回伊弗身上並問。

「除了你們是舊識，有更好的根據嗎？」

這是理所當然的疑問，而身旁的繆里則是用另一種充滿猜疑的眼神看我。

雖然我的答案多半沒有明確到符合海蘭的期望，我還是說出了我樂觀看待伊弗的理由。

「單純在交易這件事情上……我覺得她值得信賴。」

「意思是……？」

我咀嚼伊弗的話，回答：

「只要沒有其他生意比她的提案更賺，我們是可以信任她。」

伊弗要扮演教會和王國的雙面諜，一手掌控停滯的貿易。這種行為無非是走在懸繩之上，但只要能走到另一頭，就有數不完的財富。

若伊弗背叛我們，就表示那能賺到比數不完的財富更巨大的財富。

「……憑我的腦筋實在是想像不到。」

「我當然也想不到，只是……」

「只是什麼？」

在海蘭的視線下，我覺得不能不說。

「我實在不覺得伊弗小姐是欺騙我們。」

我是認識她才這麼想嗎？海蘭似乎也在猶豫該不該這麼說，這時繆里開口了。

「……我大概也能感覺到大哥哥為什麼這樣說。」

繆里表情不太高興地說：

「因為那個像壞狐狸的人是壞狐狸……反而可以相信的感覺。」

正是如此。

伊弗隱約有種野獸的氣息，會給對方留下難以解釋的印象。說出口的都是冷若冰霜的算計，底下卻有比火焰更熾熱的感情在盤旋，所以容易被她吸引。路邊俯拾即是的膚淺背叛，她似乎根本不放在眼裡。

「可是，我也不認為她是正派人士。明天的約，還不曉得她會設什麼陷阱呢。」

「總之不能大意。我曉得海蘭陛下您也是很不放心，不過——」

我繼續說：

「伊弗小姐那樣的人會想找我們，就表示她肯定我們有某些利用價值。如此一來，我們或多或少還有談判的籌碼。要是伊弗小姐真有詭計……那我們可能就是她的防波堤。」

問我能否阻止她，也是理所當然。

但我也有決心冒險的理由。

「就當是為了夏瓏小姐，我不想請求王國向教會讓步。」

繆里睜大眼睛，海蘭慢慢點頭。

「溫泉旅館『狼與辛香料亭』，是由幫助德堡商行奪得北方地區霸權的傳奇旅行商人所經營的。在那裡，有以精銳聞名的傭兵團出入，聽說大陸那邊惡名昭彰的奴隸販子都會提防他們。而你是旅館的愛將，傷了你會惹來怎樣的報復，她應該跟她說的一樣明白。」

伊弗警戒的不只是羅倫斯這個後盾，最主要還是赫蘿吧。

要是真的惹火了賢狼赫蘿，就等於是釋放出記載在大疊羊皮紙裡頭的傳說巨獸，縱有千軍萬馬攔阻也一定會撕碎她。

當然，伊弗應也知道繆里也有獠牙。

「無論那個女人準備什麼證據說這個計畫可以順利執行，我都不會相信。」

海蘭直視我說：

「我是相信你們，所以交給你們判斷。」

她似乎展現了一點貴族應有的風範。

當天晚上，海蘭知道我們沒有到黃金羊齒亭用餐後，便準備了豐盛的晚餐，給明天要會見伊弗的我們打氣。

鵪鶉佐番紅花這樣的高級菜，讓人看傻了眼。或許這裡是王國第二大城，只要有錢就能馬上弄到稀有的肉品和辛香料吧。

一旦貿易商停止所有交易而開戰，別說這種豪華菜色，就連普通飯菜都無法持續。

我沒有濫好人到會以為伊弗是出於人道觀點來獻計，但同時我也無法想像伊弗會這麼積極地來欺騙我們。

最大的懸念，就是假如我的水準讓伊弗失望，她說不定會反過來狠咬我們一口。

由於知道她是這麼可怕的人物，才會期盼她的賞識。

伊弗就是會引起這種矛盾情感的人物。

所以事情完全不是繆里一直在懷疑的那樣。

「大哥哥喜歡那種年紀大的壞女人嗎？」

受過海蘭的款待滋補，想著明天該怎麼辦並動手熄燈時，繆里用看背叛者的眼說出這個不曉得問過幾次的問題。

「才不是。」

我喀喳一聲剪斷燭芯，確切地說。我是很仰慕伊弗，但沒把她當女性。

「可是大哥哥以前不是很喜歡娘嗎？其實就是喜歡會耍壞心眼的女人嘛？」

「……」

赫蘿跟繆里講以前的故事時，是偶爾會講到這種事。

大概是因為無法斷然否認吧，感覺像是在撫摸快好的瘡疤。

「赫蘿小姐和伊弗小姐完全不一樣，而且我對赫蘿小姐也不是那種喜歡……只是覺得她是可靠的姊姊那樣。」

「可是娘經常跟爹說，她隨時可以跟你走耶。」

那不過是赫蘿和深愛的丈夫打情罵俏，不知繆里為何當真。

說不定繆里現在是因為見到伊弗這樣的一方之霸以後，激動的心情還沒平復。先前那頓豪華晚餐上，她也不像平常那樣眼睛閃閃發光地吃，比較像是在為明天的硬仗作準備。

當然，我也沒輕看明天的會面。倘若伊弗的計畫真的值得信賴，且成功執行，教會的詭計就會泡湯，王國不需要向教會低頭。就算夏瓏等徵稅員不能雪恨，也能夠繼續對抗教會。

換言之，明天的會面將是王國與教會之爭的巨大轉捩點。

那麼繆里懷疑不可靠的哥哥被私情蒙蔽了雙眼，也不算過分吧。

「繆里。」

我叫她的名字，直視坐在床鋪角落神經質地搖尾巴的旅伴。

「我覺得，妳懷疑這種事真的很蠢。」

「──！」

「但是──」

我加重語氣，壓退想跳起來罵人的繆里。

「明天的事不只是我們的事，還會關係到很多人。尤其是夏瓏小姐他們。」

「……」

「所以，就請妳儘管懷疑我是不是看走眼吧。妳銳利的眼光，常常讓我很驚訝呢。」

正要起身的繆里，慢慢地放鬆力氣坐回去，膨大的尾巴也以同樣速度縮回原狀。我不是為了轉移繆里的疑心才這樣說的。

如果要我單獨面對伊弗，我一定會腿軟。但若有繆里陪我，即使她沒賢狼赫蘿那麼厲害，也比其他任何人都使我安心。

「妳一直都像天上的神一樣看著我，我有哪裡不對勁，妳應該能馬上看出來吧？」

「神也沒有我厲害啦！」

繆里說完嘟起臉頰。

樣子很像是在嬉鬧，可是眼角似乎有點淚水，看得我都迷糊了。

「繆里？」

我的變化使繆里回過神來，擦擦眼角。

然後尷尬地別開視線，縮起脖子。

「我、我也不想啊，誰教你在那隻狐狸面前的時候……看起來好像別人一樣……」

聽了繆里吐露她為何異常懷疑我和伊弗的關係，我表情都不見了。

而她似乎把這反應誤認為不悅，抿著唇，獸耳顫抖，但完全不是那麼回事。

以為自己認識一個人的全部，卻忽然見到對方陌生的一面那種錯愕，我今天也在禮拜堂前體驗過。

「老實說，妳在講伊蕾妮雅小姐的時候，我也有一樣的感覺。」

「……唔？伊蕾、妮雅姊姊？」

「對。」

在說出我發現伊蕾妮雅給了她唯有非人之人才能給的建議那當時的心情後，繆里一臉的不敢置信。

「是怎樣……白痴啊你！」

「……」

父兄希望小女孩永遠是個小女孩的心情，她應該聽不下去，我也知道這樣很傻。

「不過……是喔，你這樣想啊。」

繆里忽然嘻皮笑臉地站起來，大步走到桌前的我身邊。

「不希望我離開你懷抱的話，只要抱緊我就好啦？」

她說完就把背轉向我，自己抓起我的手靠過來，窩在我懷裡。回頭的紅眼睛開心地瞇起，耳朵尾巴拍來拍去。

「我不會離開大哥哥懷裡，大哥哥也不會離開我身邊，對吧？」

總結起來的確如此，但我覺得繆里的話有陷阱，理性地回答：

「……是這樣沒錯，但也要看程度。」

「為什麼不直接點頭啊！」

她用力扯開我的手，指甲還往肉裡掐。

「因為妳會說，既然這樣就應該娶妳當新娘吧？」

「本來就是這樣啊！」

好險。我鬆口氣，繆里的尾巴往我的腳猛拍。

儘管如此，平時令人不敢恭維的鬼腦筋，現在卻是可靠的武器。

「明天也拜託妳這麼滴水不漏喔。」

平時完全不聽我訓話的繆里，竟因為這淡淡的一句話忽然愣住。身體細細打顫，是因為亢奮吧。

「看我的。」

繆里轉過頭來大膽地笑。

如果有什麼比祈禱更值得信賴，就屬這了吧。

「我會保護大哥哥的啦。」

我並不覺得她神氣。

「靠妳嘍。」

「嗯。」

繆里笑嘻嘻地點頭，我也對她笑。

我將剛剪芯的蠟燭放在微弱的殘燭邊。

即使火光就快熄滅，再點起下一根蠟燭就好。

重要的是別放棄。

「那麼，為了明天的精神，早點睡吧。」

我們這幾天都是睡在船上硬梆梆的木板上，總算有床了。

「可以一起睡嗎？」

不知是海蘭的安排，還是因為這裡是高貴人家的房間，有兩張大床。

「說不行妳也會爬上來吧。」

「嗯哼哼。」

繆里開心地笑，先一步跳上床。我放下百葉窗，關上木窗，蓋上蠟燭滅火。當我準備上床，繆里已經在這短短的時間裡睡著了。

到另一張床去睡，她應該也要醒來才發現，但明天我們都要上戰場。

猶豫片刻後，我在繆里身邊躺下，將被子拉到肩膀。

繆里似乎在黑暗中笑了，不過在查看之前，意識已經沉入睡眠之中。

隔天，我再度穿上海蘭借我的服裝，和海蘭指派的車夫一起搭上伊弗遣來的漆黑馬車。海蘭在送行時說：

「雖然應該不會有生命危險，但為防萬一，我還是安插人進去了。」

在貴族暗潮洶湧的世界，那是常有的事吧。

「謝謝您，我一定全力完成任務。」

漢斯替我關上門，接著是車夫抽馬鞭的聲音。

繆里昨晚睡了個飽，本來夜間禁食的日子剛過去時只能吃少量早餐，她也吃了一大堆。

已經做好完全的戰鬥準備。

「好想趕快看看是怎樣的店喔，大哥哥。」

說這種話，是因為並不緊張嗎。我想說這不是去玩，最後還是忍住了。繆里保持平常的樣子，我比較安心。

馬車駛入依然擁擠的街道，分開人潮向前進。從馬車中窺見的街景和平時又是另一種感覺，繆里臉都要貼在玻璃上似的往外望。

一會兒，人潮似乎沒那麼擠了，大概是路幅變寬了吧。

當人潮像是某種預兆突然斷絕時，視野一下子開闊起來，嚇了我一跳。

「哇！」

也難怪繆里會忍不住叫出聲。這大廣場真的好大，彷彿天空突然掉下來一樣。

「好厲害喔！」

一眼望不完的鋪石路，我也是第一次見。呆立在大廣場上的人，全都是我們這樣的旅人吧。王國的命運這個字眼，說起來好像是可以一手掌控的感覺，但現實的王國有這樣的廣場，有圍繞廣場的道路、住宅區，還有其他幾十幾百個城鎮和村落。我實在不願想像為這所有的未來負責是什麼感覺。

但我們接下來要進行的會面，將對王國的未來造成某些變化。

我緊張地吞吞口水，而應該對窗外景象又叫又跳的繆里，卻只是靜靜看著窗外牽起我的手。為自己打氣並深呼吸時，我發現一件事。

「是不是有很香的味道啊？」

「嗯。廣場上有羊咩咩的味道。」

沒多久，便清楚聞到我的鼻子也能分辨的烤肉飄香。同時稀疏的雜沓再次轉濃，還能聽見酒館特有的喧囂。

黃金羊齒亭到了。比起酒館，看起來更像巨大的工坊。

「……好……」

厲害兩個字，都被繆里的喉嚨給吞了。

下了馬車，那充滿活力的店門口就先讓我們吃了一驚。屋外蓋了許多簡易爐灶，上頭烤著大量羊肉。排列於廣場一角的長桌邊，幾個工匠、商人和旅人樣的男子都以熱情的眼神看著那香噴噴的青煙滾滾而上。

這裡不烤全豬，只烤全羊。打赤膊的壯漢在來討賞錢的吟遊詩人演奏下變成街頭藝人，飛快旋轉手裡的鉤棒。連看到肉就會樂得撲過去的繆里，都愣在原地。

「……今天有慶典嗎？」

我也懂她為何這麼問，這裡真的熱鬧極了，不過這肯定只是日常光景。

車夫要帶領我們進入店內，我便牽起繆里的手，避開醉漢跟進去。

屋內的盛況也不輸屋外。

「酒館……？這是酒館嗎？」

構造和我所知的任何酒館都不同，挑高的天花板高得驚人，有五、六層樓那麼高，彷彿是煉鐵所。

而且一樓有一半和外面一樣擺設許多火爐和調理台，以裂帛之勢吐出火煙。另一半排滿長桌，客人們擠得肩靠著肩，大聲喧鬧。

視線稍往上抬，便能見到二樓部分。那裡擺的是圓桌，桌邊的人裝扮比較富裕。能看見再往上的階梯，大概是通往需要另外付錢的包廂吧。伊弗應該就在其中之一。

車夫找來店員，店員恭敬應話。他頭上廣大的挑高空間中，垂掛著巨大的橫幅，幅中繡了比人大上好幾倍的羊。

這就是大都市的火熱店家。

那熱流甚至令人感到不同於神的威嚴。

「兩位，這邊請。」

完全變成鄉巴佬的我們隨車夫的聲音回神。

現在就這樣，以後是不堪設想。

上了二樓，可以綜覽整片一樓，感覺看上大半天也不會膩。然而愈往上走，就愈是感到客人的視線聚集過來。不是錯覺，有很多人在看上包廂的究竟是什麼人吧。

若海蘭來這種地方，的確會快就會被人發現她有所動作，由我代勞是很合理，但伊弗也不會沒有準備。

在車夫敲響在宅邸也見過的那兩名護衛看守的門而開啟後，我覺得自己猜對了。

「你來啦。」

態度親切的伊弗面前有張大桌，剛烤好巨大羊肉塊鎮坐於桌上，肉汁橫流。

幾個男子列坐於她兩旁，衣冠華美但有股放蕩之氣，一個比一個可疑。

「這幾位是……？」

無論什麼戰鬥，數量都是決定性的力量。

在坐下前這麼問，是我唯一能做的防禦。

「嗯?喔，你放心，我們不是要仗著人多逼你怎樣。」

伊弗微笑著說。

「這些人，就是我計畫會成功的證據。」

他們全都一個樣地立刻露出諂媚的笑容，摘下帽子。

那是商人的動作。

而且他們應該全都是能冠上「大」字的商人。一個瘋狂的想法閃過腦海。

「伊弗小姐，這些人……該不會……」

從伊弗變得狐媚的笑容，和她開心地露出牙齒的模樣，讓我確信這些商人全都是這座城裡和教會勾結，要將王國逼入困境的貿易商。剎那間，為何貿易商誰也不背叛誰，團結一致幫助教會的謎底解開了。

商人為了利益能不管同業死活，如今團結成這樣，讓海蘭百思不解。

但若「其實所有人都早已背叛教會」，事情就不一樣了。

「來，請坐。這裡的羊肉是極品喔。」

要如何證明我不是其中一道菜呢。

或許是因為有繆里陪伴，我還是踏出了這一步。就算想退，門也已經關上了。

更何況不先看看他們有何陰謀，我這趟就沒意義了。

「……我是海蘭殿下的代理人，托特．寇爾。」

除伊弗外的所有人紛紛起身，與我隔桌握手。

一坐下，僕人立刻為我斟滿葡萄酒。

「先乾杯吧。」

在伊弗帶領下，眾人高舉酒杯。

烤全羊霸氣十足地擺在桌上。

反覆塗抹樹果榨的油，花長時間細心烤出來的全羊上，灑了滿滿的黑胡椒。搭配羊油脂的芬芳，香得鼻腔發麻。就連盡可能節制吃肉的我，也口水直流。

「吃吧，這桌我請客。」

隨這句話，伊弗背後的彪形大漢亮刀了。他大概是伊弗的護衛兼執事，切肋排的手法俐落得令人著迷。滿布油花的肉塊擺在當盤子用的硬麵包上，送到我眼前。繆里早餐吃了那麼多仍然眼睛發亮，也分到一大塊肉，看得我急忙說：

「我──」

「怎麼，要拿隱士庵那套來訓我嗎？」

伊弗喝著葡萄酒，有點調侃地微笑。

霎時，我彷彿變回了十幾年前那個孩子。

我當然知道隱士庵是指什麼，因為那是這種時候一定會用到的話。

「……隱士說，為禁欲而禁欲沒有意義。神雖提倡禁欲，但沒有要人糟蹋鄰人的心意……」

「一點也沒錯。」

伊弗滿意地點頭。

「而且看樣子，公主殿下很懂宴席禮儀呢。」

我往繆里看，發現明明才剛切給她，她卻已經把最後一塊塞進嘴裡嚼了。

「還要嗎？」

伊弗愉快地問，繆里大口吞下後接受挑戰似的回答：

「要。」

平常我會說她無禮，但現在或許該佩服她大膽。大漢這次切的肉比先前大上近一倍，讓她開心極了。

「說起來，一般餐會上會給對方灌酒，等對方腦筋沒那麼靈活以後才談正事……不過很不巧，這招對奉行禁欲和節制的你應該行不通吧。」

雖不知她有幾分認真，知道這點自然是再好不過。

「伊弗小姐，概要妳說過了嗎？」

她右側的胖商人問道。

「計畫我已經說了，不過目前卡在取得王國信任這一步。我們要說服這位黎明樞機閣下，才能讓他向海蘭替我們說話。過了這一關，王國才會接受我們的提案。」

伊弗用像在徵求我同意的笑容看來。

「這樣啊。」

商人拿柔軟亞麻布擦擦嘴，和其他商人互使眼色。

有種不同於聖職人員或傭兵的獨特氛圍。

「那好。」

他們像是做出結論，先詢問伊弗的胖商人端正坐姿說：

「我是佩卓．亞戈，亞戈商行的溫菲爾王國會館總代表，主要經手的是織品。」

再右側的削瘦山羊鬍商人接著說：

「我是馬堤歐商行的勞茲本總經理，史坦．馬堤歐。只要是南方的食物，交給我準沒錯。」

再來是伊弗另一側，年紀略長但體格健壯，留了八字鬍的商人。

「我是基蘭．奧雷留斯。主要是買賣金飾銀飾等金屬物品。」

他們一一自我介紹，與我重新握手。手不像工匠那麼硬，但食指和中指的歪曲，顯然是長時間握羽毛筆所造成。

「這三位是勞茲本貿易商公會的三巨頭，只要跟其他合作商行談妥，就可以囊括整體交易的八成。」

面對三個平時想見也見不到的人，讓我有點膽怯。只好回想身旁大啃羊肉的繆里臉皮有多厚，硬撐下去。

「能和現在氣勢如虹的黎明樞機閣下同桌共餐，我深感榮幸。想不到伊弗小姐居然認識黎明樞機，真是讓我太驚訝了。」

亞戈以此起頭。

「我們是很久以前認識的，而且是被他救了一命。當年的他，還是個像天使一樣的小男孩呢。」

「喔喔，所以黎明樞機閣下是打從那個時候就有神在照看啦？」

商人說話總是誇張。

「話說回來，這一定也是神的指引。我們能在這裡見面，絕對是神的安排。」

馬堤歐一這麼說，其他商人的視線就集到我身上。

既然我已下定決心，想多斡旋又玩不過他們，便決定直搗核心。

「能和各位見面，我也非常榮幸。有個問題，我實在非得先請教各位不可……各位怎麼會來到這裡？各位不是支持教會嗎？」

原以為他們會多少有點退卻，但他們卻始終保持笑容。

不愧是身經百戰的商人，我也不吃驚就是了。

「我們是支持教會啊，不過有點複雜就是了。」

馬堤歐捲起袖子，而亞戈將雙手擺在桌上。

這是賭徒向對手表示清白的動作，也彰顯出離鄉背井，在遠方扛起大商行招牌的人是怎樣的氣性。

本應歸順大教堂的他們，卻理所當然地列席於伊弗身邊。只憑伊弗一個是否能獨占王國與大陸間的祕密貿易原本還令人懷疑，知道敵方陣營裡也有不少人願意協助就另當別論了。

而且，我也明白了伊弗為何沒有直接告訴海蘭這件事。

口說無憑，誰也不會信。

「支持教會……？你們站在伊弗這邊，不就是背叛教會了嗎？」

照理來說，這樣就是我們這邊的人才對。不過他們能背叛教會，就算背叛王國也不奇怪。

我非得慎重了解他們的企圖不可。

「若從不同角度看，或許是這樣沒錯，但我們並不打算背叛教會。」

「也就是要同時支持王國和教會的意思啦，寇爾。我們唯一的敵人，就只有徵稅員而已。」

伊弗的話似乎有點揶揄的味道。

身旁，繆里帶著懷疑眼神齜牙咧嘴地啃羊肉。

「你們的目的究竟是什麼？」

我不期待他們誠實回答，但能知道他們撒怎樣的謊。而且海蘭應該也不覺得我能夠當場看破他們真心，我該做的就是把伊弗他們怎麼講，氣氛如何等資訊如實帶回去。

回答我的，是伊弗。

「就是維持天平平衡。」

「平衡？」

「沒錯，樞機閣下。要讓天平平衡，就得在兩邊放上等重的物體。因此，我們有必要同時和王國跟教會打好關係。」

伊弗以葡萄酒沾濕的唇妖妖地吐出言語。

「我們想看他們對等競爭，最好是直到永遠。」

那魔性的氛圍使我不知如何回答時，繆里嚥下肉說：

「競爭要用到很多東西啦，大哥哥。東西用得愈多，這些人就愈賺。」

熱愛英雄故事，傭兵首領魯華來旅館玩就一定霸占他大腿的繆里，在這方面的知識甚至贏過一般商人。

「哎喲，這小姑娘好像很有腦袋。」

「別跟我搶，我先僱用她。」

伊弗愉快地這麼說，將杯子放到桌上。

「戰爭是賺錢的好機會，但那只答對了一半，我們還有一個理由。」

亞戈接著說：

「我們需要避免任何一方獲勝。黎明樞機閣下您是在呼籲教會改革沒錯吧？那麼，請您想想看一旦教會獲勝會是什麼樣。」

教會抗拒改革的機會，獲得勝利。

這麼一來，會有好一陣子不再出現敢與教會對立的勢力。

在宗教戰爭結束已久的現在，教會若沒了敵人——

「教會會如何蠻橫霸道，應該不難想像吧。」

是這樣沒錯，而在我回話前，馬堤歐先開口了。

「您說不定會想，幫王國獲勝不就行了。」

在看穿人心上，商人可是一流。

被人瞭若指掌雖令人不甘，因此失去冷靜就正中對方下懷。

「我……是希望教會改革。為此，我必須讓王國贏得這場戰鬥。」

「樞機閣下。」

奧雷留斯搖搖頭，表情哀傷地說：

「這樣也不行。因為王國戰勝教會時會發生什麼事，連我們也無法想像。」

「咦？」

我皺眉反問，而伊弗回答：

「寇爾，教會蠻橫成那樣，我們看了也很嘔。尤其是他們借了錢還敢若無其事地倒債，不曉得有多少同行被他們害得破產。更糟的是，他們總是聲稱我們賺的都是髒錢，向我們勒索，而自己卻整天大魚大肉。我們自己也是希望他們可以收斂一點。」

不像是單純附和，能感到真正的憤怒。

接著伊弗緩慢嘆道：

「然而，這份蠻橫也幫了我們。正確來說不是因為蠻橫本身，而是造成它的力量來源。」

「黎明樞機閣下，民間會談論的教會財富或權力，其實不全是壞事。對這個世界來說，還是有其必要。」

在我錯愕得連說「怎麼可能」都無法說出口時，伊弗又說：

「就跟刀子一樣。刀是旅行不可或缺的東西，卻也能是殺人凶器，端看怎麼用。但你總不能因為有人拿刀去做壞事，就說刀不應該存在於這世上吧？當然，我也不是說它有用就可以忽視所有弊害，不過想只除弊害獨留利益，也是太異想天開。」

我常和繆里爭論歪理，很習慣了。

首先是別頂嘴，先順著問。

「那所謂的利益是什麼？」

什麼利益能大到允許教會囤積財富、濫用權力呢？造成夏瓏他們那樣的不幸還什麼事也沒有，哪裡有正當性可言？

就算我不懂商場，至少還懂什麼是正義。

「樞機閣下，請聽我說。」

亞戈稍微前傾拿起酒杯，輕輕搖晃葡萄酒。

「您想像過這杯葡萄酒在來到桌上之前，經歷過些什麼嗎？」

就算商人不會正面回答不方便說的問題，這樣轉移話題還是讓我氣得臉頰發燙。

「我不是在說這個。」

「我並不是在打迷糊仗。」

亞戈表情嚴肅，沒等我答話就繼續。

「關於這杯葡萄酒來到桌上的過程——換成這塊小麥麵包也行。這些商品從遠方經過許多人的手，一路不停歇地送到這個王國來。因為有這樣運輸，王國——不，全世界的國家和城鎮都是因為這樣才能運作。」

我當然明白。畢竟貿易商能以撤出威脅王國的道理就在這裡。

但這跟教會財富的正當性有何關連？

亞戈彷彿聽見了我的心聲，默默點頭。

「問題是，作生意總是免不了造成糾紛。」

他說的每件事都連不起來，只有氣惱不斷累積。

我開始認真思考離席走人了。

「聽好了，樞機閣下。假設南方的商行要到北方買毛皮，那麼他可能會因為錢付了沒、貨物品質糟得像詐欺、數量不夠等問題和當地的商人起糾紛。這時候，來自遠方的商行總是不利。不僅沒人會保護他，有時候當地有權勢的人也會一起來誆他。」

亞戈保持大商人風範，井然有序地冷靜講解。

最後用食指往桌上一點。

「這時候能提供協助的，就是教會了。」

馬堤歐接著說：

「這世上每個城鎮都有教會，而大多數人都屈服於它的權威之下。就算在無依無靠的遙遠異地，一旦遭到當地權威的無理對待，就能請教會協助。」

這句話讓我想起北方群島的教會。那個地方極度信仰被教會視為異端的黑聖母，且周圍遭極寒海域封閉，若當地人不幫忙恐怕連回家都別想。在那種地方以攻擊性態度對待當地人會有什麼後果，傻子都知道。

但在那種地方，也有外地商人肩並肩建立起來的教堂，能用自己所知的語言溝通，根據自己所知的常識運作。出了糾紛，也可以提供庇護。

教會也是這種聯繫的節點。

能淪為暴力的強悍，亦能提供保護的力量。

「商人彼此之間發生糾紛時，教會也可以提供仲裁，而大多數商人也會遵從教會的決定。因為藐視教會權威，就等於跟全世界的教會組織為敵。沒有教會作後盾，我們根本沒辦法作遠地貿易。然後——」

奧雷留斯替他說下去。

「要在世界各地建立教堂確保權威，需要大量的錢，而人們不會對外表寒酸的人低頭。雄偉的大教堂、金銀飾物這些一眼就懂的權威，是必要的盔甲、武器。」

「當然，異端信仰和攻打異教徒，都是維持教會權威所不可或缺，而這也要花錢，教會的財富絕不是用來堆灰塵。只不過，這也造成許多人認為教會耽溺於不當享樂，而醉心於這種紅利的也的確大有人在。」

「可是這無法避免，換句話說就是不良開銷，但是只因為這個費用而怪罪整體也不對。教會龐大的財富可以維持教會的權威，權威會保護我們商人作買賣，而我們的買賣支持著無數人的生活。一切都是息息相關的啊，樞機閣下。」

他們說的，全是聖經上找不到的現實社會結構。

「假如王國就此壓死教會，讓教會失去權威，您想想看會發生什麼事。」

若王國戰勝教會，教會勢力遭削減，失去壓倒性的組織力和權威，也因為被迫節制而失去財力——

那麼他們就不得不端正品性，世界變得更美好……

馬堤歐那雙很有南方人感覺的淡綠色眼睛看過來。

「黎明樞機閣下您大概是認為教會碰了釘子以後會改邪歸正吧，但事情沒那麼簡單。」

「原本囂張的人一旦失勢，接著肯定會有人跳出來想取代他。世界上每個角落都會發生這種爭搶。」

「到時候必然是一場令人不敢卒睹的大混亂啊。」

三名商人輪流說到最後，由伊弗承接。

「甚至會讓人後悔說看王國跟教會隔海互瞪還比較好呢。」

我完全分不清哪個地方是真，哪個地方是假。他們的說詞串連得極為合理，但整體看來好像不太對勁。

世界安定要靠蠻橫的教會權威來維護這種事，誰會相信呢。

可是大商人們的攻勢依然不止。

「一旦教會失去權威，我們貿易商在沒人接濟的遙遠異地要怎麼請求保護和仲裁呢？還是您認為我們就應該放棄買賣，躲在自己國家裡呢？這樣會有很多人頭痛吧？沒有任何土地可以自給自足所有東西，貿易是必要的啊。」

「就拿溫菲爾王國來說吧，要是我們在誰也沒聽過的地方經商而出了問題，他們會來救我們嗎？」

「而且教會勢力衰滅後，異端或異教徒又會抬頭，世界會倒退到幾十年前的戰亂時代啊。」

伊弗一個字也不讓我插嘴地慢慢說：

「寇爾，這個世界不是靠理性運作的。力量是維護秩序的唯一準則，而最強大的就是教會組織。就算看起來是惡勢力，也絕對有存在的必要。」

商人們活在現實世界，而為了守護現實世界，他們都以自己的方式奮戰。我無言以對，完全就是因為夏瓏說的那些話。

弱者到頭來還是得倚靠教會，會幫他們的也只有教會。削減他們力量的同時還要維持其保護者的功能，的確很像夢話。

而且削弱教會不只是信仰的問題，還會影響支持百姓生活的貿易行為，以教會權威維持的秩序甚至會崩於一夕，世界重陷戰亂。

沉默降臨桌面。

四名商人都注視著我。

「不過，一些高階聖職人員的行為讓人看不下去也是事實啦。」

伊弗替我說話似的說。

「比如說最常用這間房的，肯定是大教堂那些人。他們都是在這麼熱鬧的店吃這麼好的肉，喝這麼美的酒。如果都換成黑麵包或便宜啤酒，省下的錢就能分給窮人也是事實，但他們絕對不肯這麼做。」

她放低音量繼續說：

「所以我們不能助長教會，同時也不能讓他們敗給王國。為了解決現在這個狀況，我們都拚命絞盡了腦汁。」

說到這裡，伊弗大嘆一聲。

「話說回來，即使有錢賺，我們其實還是不想冒這麼大的險。可是現在天平斜得很厲害，乒乒乓乓搖來搖去，而王國和教會這兩個當事人一點辦法也沒有。因為天平上的砝碼本身，並沒有能力阻止天平搖晃，頂多只能在天平降到最底之前，想辦法不讓自己摔出去。因此，我們商人只好出面阻止天平傾斜。就算罵我們是蝙蝠還是背叛者，能同時幫助雙方陣營的也只有我們，維持世界秩序的方法也只有這個了。」

此後射在我身上的視線，明顯是責怪的意味。

我也不會不了解那是什麼意思。

因為——

「破壞天平平衡的不是別人，就是你啊，樞機閣下。」

我無法反駁亞戈，海蘭也對我說過這種話。這幾年王國和教會的膠著狀態，可以稱之為改革停滯，也可視為狀況安定。

我一直以為改革教會是無條件的美事。如果那純粹是天真無知的行為，反而在世間埋下混亂的種子呢？

「我也不太想這樣說……」

「可是我們認為，你有責任收拾這個不安定的狀況。」

大人們的叱責。

近似羞愧的後悔，慢慢侵蝕我的心。

夏瓏他們有對抗教會的切實理由，就連老愛盤算陰謀的商人也有。

那我呢？我高唱的理想之道真的有正義可言嗎？我心目中的理想，會不會只是不知世事的反唉？

就在我覺得腳下地面都要裂開的時候，奧雷留斯笑咪咪地說：

「但幸好，黎明樞機這個名稱還有很大的力量。」

「咦？」

「只要您願意合作，王國和教會的天平就能維持平衡，要重返安定也不會困難到哪裡去。」

「是這樣的嗎？」

他和善的表情甚至讓我感到解脫。

「你以為我找你是為什麼啊，寇爾？」

伊弗無奈地笑。

從我小時候，她就不知看中我那一點。

「聽說有人破壞了王國和教會的平衡，而那個人就是你的時候，我真的嚇了一跳……看你這樣不曉得自己闖了什麼禍的樣子，我也不是不懂啦。」

伊弗這溫柔的苦笑，我小時候也見過。

「知道你不是靠權謀術數，而是用你的死正經達成這個豐功偉業時，我有種像是放心又像弄懂了的感覺。只是，那種死正經有時反而會害了你。這也是沒辦法的事，畢竟世上沒有萬能的工具，教會的利弊問題也是這個道理。」

伊弗往桌面探出身子，繼續說：

「寇爾，教會正準備發動攻勢，而王國現在的情況很不利。但是如果你和我們合作，這事態是完全來得及收拾。物資和情報可以撐住王國，你的存在可以凝聚人心，吸引大陸那邊的響應，這樣教會就沒有勝算了。不過王國物量終究比不過大陸，不會這樣就扳倒教會，我們也不想見到這種事。只要雙方都缺少決定性的手段，戰況不用多久就會平息，我們就達成維持原有秩序的目的了。當然——」

伊弗戲謔地笑。

「我們要從中大賺一筆。因為我們是商人嘛。」

「這樣事情就圓滿落幕了。」

「伊弗小姐找我們談這件事時，我整個人都傻了呢。」

「而且這樣擺教會一道，也算是讓我們出了口怨氣。教會真的給我們吃了太多悶虧。」

「我們都是在這個國家經營了好多年，才把商路拓展到今天這地步。叫我們一夕之間全部拋棄，誰放得了手啊？」

伊弗兩側的商人們都口口聲聲這麼說。

這些貪心的商人為了自己的財富，想用卑鄙的伎倆誆騙王國？

不是這樣。

他們就只是以自己的眼光考量世局，依此尋找賺錢之道罷了。怎能為此責怪他們呢。

「怎麼樣啊，寇爾。我希望你親自說服海蘭殿下，請她向國王上奏我們的提案。這樣我們就能立刻運用各自熟識的商業管道，為這國家帶來各種商品，而且我們也可以幫忙彌補你思慮不周的部分。」

隨著伊弗這番話，亞戈、奧雷留斯和馬堤歐都自信滿滿地對我笑。

他們可以弭平我招致的混亂。

「來，這是承諾之證。」

伊弗伸出手說。商人是講信用的生物。握手的重要性，我在與羅倫斯旅行時見過無數次。伊弗他們是認真的。

別人信任我，我也該報以信任。而且我的思慮不周也是從各種教訓得證過的事，如果伊弗他們願意幫我，應該是很大的助益。

我看著她伸來的手，抬起視線。伊弗溫柔地微笑著。

除了擦去手汗、將手也伸向對方以外，別無選擇。

就在這一刻。

「啊！」

一聲「喀啷」緊接在這驚呼之後。是陶器破裂的聲音。

往旁一看，翻倒的果汁漫成一大片，還潑到繆里穿的白色長袍上。

「啊、哇！大、大哥哥！」

繆里一下子慌了起來。海蘭借她的衣服價值不菲，而且白得耀眼。我趕緊拿桌上的麻布替她擦，可是葡萄汁的痕跡沒那麼容易擦去。

「大、大哥哥怎麼辦，這是跟人家借衣服耶……」

繆里說得像快哭出來。在這個重要的時候怎麼犯這種錯，讓人很想說她兩句。雖然對伊弗不太好意思，現在還是找人過來幫忙處理比較好。抬頭時，我注意到伊弗看繆里的視線。

我下意識地往繆里看，而前一刻還淚汪汪的眼，現在卻幾乎要露出獠牙般瞪著伊弗。

詫異地再看看她們時，兩人的臉都是原來的表情，讓我一度以為自己見到了幻覺。

但我肯定自己沒有看錯。

兩頭野獸的確互瞪了一眼。

「嗚嗚……大哥哥，要趕快洗衣服啦……」

銀色小狼沮喪地這麼說。

我腦袋跟不上，舌頭也不靈活了。

「啊，呃……」

我再偷瞄伊弗一眼，見到她縮回了手，不太高興似的靠著椅背。

「與其在這裡洗，不如回去弄比較好。叫馬車來。」

伊弗對執事兼護衛的大漢這麼說，大漢隨即以那雄偉身軀難以想像的優雅動作行禮，離開房間。亞戈幾個對喝起葡萄酒的伊弗投出像在說「這樣好嗎」的視線。

從繆里那個眼神來看，會是他們設了陷阱，要等我落入圈套嗎？

雖不知真相為何，至少繆里是這麼認為才翻倒果汁。

「小的來接您了。」

車夫出現在門口，見到繆里的樣子而睜大了眼。

我催擔心汙漬的繆里起身，逃跑似的準備離開。這時伊弗說道：

「寇爾，若沒有我們的協助，王國就脫離不了這個明顯劣勢的狀況。而且，我們的目的是維持秩序。你也是愛好和平的人吧？」

我不知該怎麼回答，只能點點頭打馬虎眼，以眼致意離開房間。

下了樓，顧客見到繆里身上那一大片汙痕都感到吃驚好笑，但我緊張得只管往前走。經過感覺比來時長了四倍的路途，我們好不容易走出店門，搭上馬車。直到關了門馬鞭一抽，車輪駛過鋪石的叩叩聲開始響起時，血液才終於流上腦袋。

吐出哽在喉嚨裡的氣後，坐在身旁的繆里踢我的腳。

「大哥哥大笨蛋。」

儘管她是一身葡萄汁汙漬的女孩，在場誰最蠢恐怕是想都不用想。

「對不起……所以伊弗小姐他們是想騙我嗎？」

我不覺得伊弗說的話是謊言。王國繼續這樣下去肯定不利，而我也完全聽不出那些話哪裡有破綻。

沒想到，繆里搖了頭。

「不是。我不知道人家是不是想騙你，也不知道那隻狐狸有沒有說謊，可能要娘才聽得出來吧……不過我覺得這部分應該要先問問金毛，看她怎麼說。其實我也覺得真的是那樣啦。」

「那、那妳為什麼……？」

繆里捏起沾在身上的袍子，像個鬧得發慌的女孩般搧動著說：

「他們一看到你被說得慌張起來，突然就像哄貓咪一樣跟你說話嘛。用這麼老套的招式，我當然要先阻止再說啊。」

「老套……？」

繆里對驚訝的我聳聳肩。

「娘老是對爹用這招，一看就知道啦。總之就是先嚇得你驚慌失措，再突然對你好，藉此籠絡你。」

這段話讓我立刻想起先前的對話。

當我為伊弗和亞戈他們點出的事實自亂陣腳時，他們沒有責怪我的犯錯，反而提出彌補的方法，讓我打從心底放鬆，覺得他們是自己人。

「最後那個握手，也明顯是為了綁住你的心。像大哥哥這樣死正經的人，一旦答應了就絕對會堅守到底吧？」

是可以輕易想像。握了她的手，我無疑會為他們說服海蘭。要是失敗了，還會受到良心的苛責，覺得對不起伊弗他們。話說回來，會覺得應該握她的手，是覺得他們信任我，想報答他們。

假如那一切都是算計好的……

「馬上就被妳看穿了呢。」

不愧是繼承了賢狼赫蘿與高明旅行商人羅倫斯之血的女兒。敬佩繆里慧眼的同時，我也為自己的可恥發悶。而且我導致王國和教會情勢再度波動，也肯定是事實，我也的確對此缺乏自覺。

想捂住臉，手卻被繆里抓住。

往她看過去，見到刺眼的視線。

「我說大哥哥啊，你還有時間難過嗎？」

「可、可是……」

「你有仔細聽他們說話嗎？」

「說、說話？」

繆里重嘆一聲，噘起嘴說：

「他們是在說，大哥哥你在王國很受歡迎，要是跳過你自己搞自己的，以後說不定一下子就翻船，所以請你一定要幫他們的忙。」

「……」

我往傻眼的繆里看，她也直直地回看我。那怎麼看都不像在看玩笑的視線，壓得我不得不重新咀嚼伊弗他們的話。

「……」

他們的確說過如果有我的名字，要平衡天平並不難。若以最不傷心的方式來解釋，說他們不是專程來這裡說客套話，差不多就是繆里說的那樣。

在說假如我這個人真的沒有不值一顧，那這樣事情的確是有點矛盾。

為什麼伊弗他們不直接找國王談，反而找上我們呢？

「如果他們只是想利用大哥哥，方法應該多得是才對。我想大概是因為他們也有弱點，不太敢惹你生氣吧。除了不想惹娘生氣以外的。」

紐希拉最任性的女孩繆里，對母親赫蘿也是絕對服從。

「他們應該是想到某個可以賺大錢的計畫，可是沒辦法直接執行，所以想找你填補這個缺口。那隻狐狸不是很有名的商人嗎？那直接去找國王不就好了，何必來跟你講這些東西。」

繆里跟我想得一樣呢。

果然問題就在這裡。

「可是呢，狐狸沒算到大哥哥身邊有我這隻狼。而且剛那樣與其說要騙你，還比較像是在試探我呢。不過我讓他們吃癟了。」

繆里得意地哼起鼻子，見我反應低落又繃起了臉。

「拜託，你還在難過喔？你真的就那麼喜歡那隻狐狸啊？」

她逼上來問。這我非否認不可。

「才、才不是這樣。就只是……我這麼輕輕鬆鬆就被人家騙倒，感覺很……」

繆里又大大嘆氣，退開說：

「或許是這樣沒錯啦，可是大哥哥是大哥哥，不是魯華叔叔。哪有什麼辦法？」

魯華是勇猛果敢的傭兵團團長，就算把我倒過來也不會變成那樣的人物。

「魯華叔叔是說不定能當場發覺那隻狐狸算計，臨機應變，收放自如地進退，反過來套牢他們啦。搞不好還會拔出劍來，直接把桌子劈成兩半呢。」

繆里還用兩隻手做出揮劍的動作，完全是個在聊心中英雄的野丫頭，但其實我也能想像到魯華威風的模樣。

「可是把大哥哥套在這種事情上，感覺又不太對。」

手一放下，小小的肩又大人似的聳了聳。

並突然表情認真地看過來。

「再說，如果大哥哥是那樣的人，我大概就不會相信你那個約定了。」

「咦？」

「就是會永遠站在我這邊那個約定。」

我曾經發誓，即使身為非人之人的繆里在這個世界再也沒有立足之地，我也會站在她這邊。

「魯華叔叔可能也會跟我那樣約定啦……他本來就很像是會做這種事的人。可是那個大哥哥，那個老是在鑽牛角尖，不管做什麼都很不乾脆的大哥哥，竟然認真跟我做那種約定，意義就完全不一樣了嘛。」

雖然說的話很刺耳，繆里的表情卻很柔和，很開心。

「大哥哥就是那種，怎麼說咧，頑固？老實？都不對，有點笨笨的那種……」

「……憨直。」

繆里一聽我這麼說就眨眨眼睛，嗤嗤笑起來。

「對對對，就是這樣。」

意思有好有壞，而繆里是同時取這兩個意思。

「我就是喜歡這樣的大哥哥。」

繆里不害臊也不遲疑，直接表示她的愛意。

「雖然我還是希望你多少跟魯華叔叔學一點……不過重點還是你自己嘛。所以，就算你被那種狐狸騙，也不要一直在那邊頹喪。」

她形狀姣好的紅眼睛閃耀無懼的光輝。

「和那種人交手是我的工作。也就是說，大哥哥絕對少不了我。」

繆里不是要人保護的弱女子。

是有賢狼血統的狼。

「那我要做什麼。」

繆里聽了就把頭靠到我肩上來。

「負責抱緊我。」

「……」

儘管沒冒出耳朵尾巴，她的全身也在催我快抱她。這話一半是玩笑，一半是真心。

我中了伊弗的陷阱，沒認真想過自己做的事將有何影響，被完全與我脫鉤的黎明樞機稱號牽著鼻子走，但繆里還是這樣安慰我，是因為蠢不一定全是壞事。

有些事，是憨直的人才會去做，才會相信。

伊弗也說我死正經。

假如神在每個人出生時就賦予使命，那我就該盡力達成自己的使命。又假如我相信自己的使命是改革教會，我的確是沒有時間沮喪。

伊弗的計畫很可能對王國與教會日後的關係造成巨大影響，而這樣的關係又會牽連整個世界的秩序。這秩序幾經輾轉，會作用到像夏瓏這樣教會惡習的被害者。我這個齒輪，就嵌在整個機制的核心部位。

而且十分幸運地，有個名叫繆里的少女不離不棄地照看著我。

不報答她這番心意，我要怎麼在司牧的路途上走下去呢。

「好吧，繆里。」

「嗯！」

繆里伸長脖子，臉靠過來。

「我們有必要盡可能查出伊弗小姐到底在盤算些什麼，我也要重新想想自己在不知不覺之間對世界造成了些什麼影響。」

「啊，唔，嗯？」

「可是該從哪裡著手呢……先跟夏瓏小姐談談，再寄信給羅倫斯先生跟希爾德先生……」

拚命思考時，伸長脖子的繆里一腦袋撞過來。

「！」

「大哥哥大笨蛋！」

罵完頭就往另一邊甩。

錯愕的我這才想起她要我抱緊她。她看穿伊弗他們的心理戰術，還鼓勵沮喪的我，是應該答謝她，現在補償也不算晚。繆里見我伸出雙手，即使表情不太高興也裝作無奈地將肩膀湊過來。

但我的手卻臨時止住。

「啊，這樣我的衣服也會沾到。」

繆里衣服正面是一大片紫紅色。我不能弄髒跟海蘭借的衣服，手便不禁停下，結果繆里嘟起嘴來用力瞪我。

「啊……」

「不管你了啦！」

繆里這下是真的生氣了。

此時馬車正好抵達海蘭的宅邸，迫不及待的海蘭很沒貴族風範地急忙跑出來接我們下馬車。

「怎麼這麼快？事情談得——」

她話說到一半，見到我們的樣子而傻了眼。

「每個人都在猜他們到底是為什麼誰也沒背叛教會，想不到是已經全都背叛了。」

我在繆里換衣服時說明大致經過，海蘭不敢置信地搖搖頭。

「這樣說來，她的計畫就實際多了……不過你覺得事情好像沒那麼簡單是吧？」

「繆里告訴我，伊弗小姐很可能是因為某些緣故而非要我協助不可。如果他們真的對計畫有自信，直接上奏國王應該是快多了。」

「是沒錯……會不會是怕國王認為太異想天開呢……」

海蘭低頭深思片刻後說：

「最大的可能是保險吧。他們是背叛教會，不可能沒為事跡敗露作打算。那麼，找你協助或許可說是最低需求吧？有你在的話，至少可以籠絡王國的民心——」

她說到這裡停下來，說笑似的將右手蜷成獸爪那樣。

「或是把你緊緊抓住，用在必要的時候。」

不需要用多少腦筋，就能想到他們可以拿我做什麼。

「……把我交給教會，來贖背叛的罪嗎？」

他們也知道自己在走險棋。繆里說過，伊弗他們可能是現況不足以執行計畫。

如果缺的是保命索，是十二分地足以作籠絡黎明樞機的理由。

「雖然應該不至於像古時候的戰爭那樣以頭換頭，一旦你降於教會門下，教會就能輕易聚回背離的人心，利用價值並不小。啊，沒錯……這個可能很高。你不是想作聖職人員嗎？」

「……您是說不完全是把我強迫賣給教會，對我也有好處嗎？」

「如果這樣還能保住我的命呢？」

海蘭的命？一想到海蘭屆時的立場，嘴裡就滿布苦楚。

「我會為了交換您的性命而對他們言聽計從是吧。」

海蘭不知在開心什麼，嗤嗤地笑。這時，繆里開門進房，穿著是她從紐希拉穿來的衣服。

「穿過好衣服以後，這件衣服感覺好硬喔……」

繆里不太高興地這麼說，在我身旁坐下。

「什麼事那麼開心啊？」

「才不開心呢。」

「我們在講如果我被教會抓走，妳哥哥要來救我的狀況。」

「喔～真的不開心。」

「繆里！」

海蘭笑得肩膀都抖了起來，繆里只是別開臉。看來她還在生馬車上的氣。

笑夠以後，海蘭用指尖敲敲桌面說：

「只是，我們的情勢還是不利。尤其是會開戰的話。」

「開戰的可能……還是很高嗎？」

伊弗說得像必然一樣。

海蘭無力地嘆了氣。

「開戰的理由，基本上會是防衛，聲稱自己是萬不得已才開戰這樣。現在徵稅員氣焰正高的攻勢，就是他們十足的藉口。」

一旦開戰，就不得不為了物資而接受伊弗他們的提案，能做的選擇很少。

「若不想被那個叫伊弗的騎在頭上，就要一併考量如何抑制徵稅員才行。只是，有辦法說服徵稅員嗎？」

夏瓏是真心怨恨教會。

鬧脾氣的繆里還驚訝地看著我。

大概是以為我想妨礙他們吧。

「伊弗這些商人以開戰為前提來談，就表示教會的動作有這種徵兆吧。這麼說來，不接受他們的提案，就等於是在屏棄貿易商協助的狀況下與教會打仗，根本沒有勝算。我們勢必要往掃除火種的方向來行動。」

「可是他們恐怕很難說服……」

海蘭似乎也了解夏瓏的個性，點點頭說：

「如果沒有別的辦法，我會奏請國王收回徵稅權。」

夏瓏等外地人膽敢公然攻擊大教堂，是因為手上有國王欽賜的徵稅權。

而王權當然也能造成負面作用。

國王一個念頭就能收回王權，讓夏瓏他們立刻失去攻擊教會的根據。

「不可以！」

繆里幾乎要翻倒椅子似的站起來。

「那不就是對教會讓步嗎！怎麼可以這樣！」

她激動得我都嚇一跳。

夏瓏的身世讓她有這麼強烈的共鳴嗎？這時，平時總是順著繆里的海蘭，用嚴肅的眼神看向繆里。

「我們不能因為個人的同情而讓整個王國陷入危險。」

現在的她不是爽朗的海蘭，而是海蘭家的年輕主人。

見繆里咬牙切齒說不出話，我先伸出援手。

「繆里，妳冷靜點。」

「可是大哥哥……！」

「那妳覺得應該答應伊弗的提案嗎？」

這樣問可能有點卑鄙，但海蘭那樣對繆里，是因為她認為繆里與她對等。

「……」

繆里回不了話，無力地坐下。

海蘭看著這一幕，表情哀傷。海蘭也為夏瓏的故事心痛。對教會這種殘忍惡習讓步，也不是海蘭的倫理觀所能容忍的事。

然而能否信任伊弗並不明朗，就算可信，也要考慮到開戰後克里凡多王子的動作。

從海蘭或她上面的國王和王子來看，全力灌注在避免戰爭上能守護的東西遠比開戰多。就算讓步可恥，也比一敗塗地而無力再起來得好。

海蘭嘆口氣說：

「徵稅員也有他們的堅持，不想失去自己的根基。如果只是請他們暫時撤退，談成的機會就相對地高。只要他們願意撤退，與教會的緊張關係就能獲得緩和，徵稅權也能繼續維持下去。」

海蘭要一塊塊鋪下通往勝利的基石。這樣比較實際、合理又穩當。

可是面對如此平順的理論，我忽然有種擦不去的矛盾。

大致說來，就是伊弗他們在黃金羊齒亭所展現的從容，和海蘭幾乎毫不猶豫地漂亮列出下一步行動的樣子，似乎對不上來。

「海蘭殿下，我想請教一下。」

「什麼事？」

我再次用雙手裹住心中那股矛盾，確定它的大小後轉為言語。

「伊弗小姐他們有信心只靠黃金羊齒亭那些解釋就完全說服我們嗎？」

海蘭眨眨眼睛，身旁的繆里也不解地看著我。

「事情……不就是那樣嗎？」

等我再次大致說明會面時的狀況，海蘭視線轉向繆里。

「……大哥哥不是都完全被人家騙到了嗎？」

要是沒有繆里，我肯定是已經中了陷阱。背後的門差點就要關上，被他們套上項圈了。我無話可說。

正因如此，我才覺得奇怪。

「像伊弗小姐那樣的大人物，怎麼會眼睜睜看著獵物從陷阱跑走呢？她應該不會那麼容易放手，我們卻暢通無阻地回到這裡來了。」

海蘭立刻想到了當時情況的對策。

非常簡單合理。

「那是因為……他們知道我有人在那顧著吧？要是設你圈套，他們也要考慮報復的問題。」

或許是這樣沒錯，但我總覺得在某個更根本的地方，我們對伊弗有所誤解。譬如伊弗他們並不指望在那裡說服我，讓我跑了也無所謂。

說不定，他們對自己的計畫有絕對的自信。

說不定，他們肯定我溜不溜結果都一樣。

說不定……

說不定…………

「不會吧。」

察覺這個可能，使我當場傻住。

「寇爾？」

海蘭的關切使我揚起視線。我很明白海蘭是個多麼優秀的人，且人品也是那麼高潔。再看看身旁的繆里。對於沒心機的人有多麼容易控制，這個搗蛋鬼已經給了我不曉得多少次教訓。

也就是說，海蘭的想法太合理，很容易被他們看透。

於是伊弗他們為了讓計畫能確實執行，一定會有安排。

「要是戰爭的火種已經除不去了怎麼辦？」

「這是什麼……」

海蘭話沒問完，臉色霎時刷白。

第一個讓海蘭頭痛的問題，是這群只要有錢能賺，連背叛同伴也在所不辭的商人，怎麼會為了教會完全團結起來。

商人為了賺錢，會用盡一切手段。

那我應該這樣想：

「我想伊弗小姐應該會認為，與其以一場還不確定的戰爭為前提擬定計畫，倒不如親手確保這場戰爭一定發生。那麼派人進去徵稅員那邊臥底起事，也是當然的手段。」

畢竟一旦開戰，就算無法說服海蘭這邊，困於物資的王國也會主動找伊弗他們談。

而且由於情況緊急，談判的主導權將完全握在他們手上。

在黃金羊齒亭，他們眼見獵物在陷阱關閉之前遭繆里劫走也不生氣的原因，想來想去也只有這個了。因為他們肯定逃走的獵物遲早會主動來見他們。

這才是伊弗．波倫。

「……他們要為了賺錢引發戰爭嗎。」

海蘭愕然說道。

「我第一次見到她的時候，她就為了獨占皮草生意而弄沉其他行號送皮草的船。抓到可是要上絞刑台的呢。」

海蘭雖是個聰明人，但由於有貴族身分，可說是成長環境好吧。

伊弗只有野蠻可言的過去，使她繃起了臉。

「臭雞知道自己的巢裡有蟲嗎？」

繆里這話讓我有點哽塞。

「夏瓏他們的目的是把聖職人員拖出大教堂，可能已經發現有內鬼了……」

「會不會是想反過來利用呢。」

我是不太相信夏瓏會想乾脆來個同歸於盡，但也不是不可能。

「這樣就一刻也不能耽擱了吧？」

海蘭的聲音難得發顫。

「既然她把內情告訴了我，應該也是會怕夜長夢多。當然……前提是事情真的是我想的那樣……」

那到底只是假設，沒有實證。保守地這麼說之後，繆里對我白眼，海蘭則是顯得有點訝異。

「大哥哥。」

「怎、怎樣？」

「腰打直，胸挺高。」

「咦咦？」

我聽不懂繆里在說什麼，海蘭則是在緊繃當中淺笑。

「你真是個奇妙的人，膽大而心細呢。」

伊弗好像也說過類似的話，不過那一定不是在誇我。

「無論如何，你的假設不是胡說八道，我不能等閒視之。反倒是從事情脈絡來看，現在也只能這樣想了。」

「就是啊。」

繆里站起來。

「那現在怎麼辦？我很討厭教會，然後也很同情臭雞——夏瓏那邊，不想妨礙他們，可是我更不想照那隻壞狐狸的劇本走。」

繆里完全是在說自己的好惡，但即使按理來想，其實結論還是差不多。

「要是有商人的傀儡混在裡面，收了徵稅權也沒用吧。再說，我們要怎麼把內鬼揪出來？不一定只有一個，而且想在內鬼做出足以讓教會氣到決定開戰之前全部抓起來，恐怕不太實際。」

況且夏瓏他們並不是壞人，他們確實有立場憤怒，把他們當罪犯看待沒有正當性可言。

快想——我拚命對自己這麼說。最糟的狀況還沒發生，還有轉圜的餘地。

而這個餘地，就只有一條路。

「這只是我個人的理論。」

「沒關係，你說說看。」

我舔舔嘴唇，整理思緒後說：

「讓徵稅員和這個城的大教堂和解不就好了嗎？」

「什、麼？」

海蘭錯愕地看著我。

但我沒有退卻。

「從現況來看，我想不管抓再多徵稅員也沒意義。就算全部關進牢裡，還是大可偽裝成徵稅員的同夥襲擊大教堂。在不知情的人眼裡，已經足以當作教會追究王國責任而開戰的理由。」

「這……」

「但假如雙方和解，事情就不一樣了。在勞茲本這樣的大都市，教區廣大，影響力自然也強。勞茲本大教堂與王國的關係，多半會成為世界各地處理這種問題的範本。假如徵稅員正式向大教堂談和，大教堂這邊也接受的話，以後就算有不肖分子襲擊大教堂，也不容易成為開戰的名義吧？而且如果能正式和解，王國也能夠積極保護大教堂。」

海蘭慢慢咀嚼我的話，嚥下後點點頭。

「是這樣沒錯，但有一個問題。要徵稅員和大教堂和解，就等於是推進改革吧？這樣不會讓大陸那邊的教廷態度更強硬嗎？你這個想法讓我想到蛇咬自己尾巴的畫……」

我搖搖頭，為自己表達能力之差感到慚愧。

「呃，說錯了。和解是要和解，但對外是包裝成徵稅員退讓。」

「退讓？徵稅員這邊？這不是……」

我直視認為絕對不可能的海蘭說：

「夏瓏小姐他們作徵稅員不是為了錢。」

因此，只剩下一個可能。

「如果能和聖職人員達成非正式的和解，夏瓏小姐他們應該不會在乎表面上的形式。」

「啊，對喔。」

繆里拍一下手說：

「所以那隻壞狐狸才要拉大哥哥入夥。」

「對！沒錯，想想黎明樞機做了什麼。迪薩列夫大教堂的門不是因你而開了嗎！」

伊弗欲藉戰爭大賺特賺，最需要擔心的自然是王國與教會的緊張獲得緩和。能與雙方溝通的人物就是她計畫的阻礙，也是她警戒我的原因。

當然，了解狀況以後，我曉得事態和迪薩列夫那時不同。若問能否找出夏瓏他們可以接受的和解方式，老實說我也沒自信。

不過我現在只能朝這點努力，也想不到其他解決之道。

而且這個假設可以完美說明伊弗他們的行動。

反過來說，其實伊弗他們也認為還有和解的可能。

「所以，呃……」

繆里忽然傻裡傻氣地出聲。

「是啊，下一步能怎麼做？大教堂那邊無從下手，要接觸他們就很困難了，你打算怎麼做？要是你直接跑去敲門，光是這樣就搞不好會點燃火種啊。」

我已經看到下一步了。

「有一個人了解夏瓏小姐他們的事，同時也是大教堂那邊的人。」

而且這個人對我還有好感。

就是克拉克。

「海蘭殿下。」

我直視海蘭說：

「說不定不用伊弗他們的方式，也能夠迴避戰爭。」

接著直視繆里。

「也不會妨礙到夏瓏小姐他們。」

繆里的臉立刻大放光彩，用力點頭。

第四幕

以夏瓏的個性，不難想像直接找她談這個計畫會遭到多大的反彈。況且她有一幫手下要帶，先示弱恐怕會被同伴當成背叛行為。

但若由大教堂釋出善意，事情就不同了。

儘管大教堂這邊也會有同樣反應，不過克拉克能替我們牽線。

「沒想到……需要這樣……」

我和繆里在黑暗中像狗一樣爬向孤兒院。

在無法預測伊弗那邊何時行動的狀況下，我們需要盡早出手，便決定立刻動身拜訪克拉克，結果出了個問題——有人在監視海蘭借宿的宅邸。

八成是伊弗的手下吧。要是他們知道我們想找克拉克，不只會發現我們的企圖，甚至可能為了阻止而直接危害克拉克。

於是我建議喬裝或躲在商人補貨的貨馬車裡溜出去。

可是繆里立刻拒絕，而現在這個狀況就是她的主意。

「繆里……這樣走沒錯嗎？」

我不知在彎彎曲曲的窄路裡過了幾個岔口，早就分不清東西南北。只能藉由不時從上方探入的微弱陽光，看見眼前繆里毛茸茸的銀色尾巴。露出耳朵尾巴的繆里運用狼的力量，應該是不會迷路，但我還是很緊張。

因為我們人在勞茲本歷史悠久的地下水道遺跡裡。

「快到了。」

繆里這麼回答之後沒多久忽然停下，害我一鼻子撞進她毛茸茸的尾巴裡。

「這附近吧……呃，大哥哥你怎麼了？」

我邊打噴嚏邊說沒事。

「呃……啊，這邊果然是板子。嘿咻。」

繆里用背頂開石板，向橫挪動。

然後探頭出去左右看看，向我招手。

「大哥哥，到了。」

她輕巧地跳進光明之中，我跟著探頭出洞，發現自己在色彩繽紛得眩目的住宅中庭裡。

「好美喔，這時候也會開這麼多花啊。」

「要是沒有這個味道，搞不好會迷路一下。」

繆里解開捆成一束的旅人袍，我拍拍膝蓋，從她身旁爬出地面，回頭看自己爬過的黑暗。據說古時候人口沒這麼稠密之前，大貴族就是用這條水路引河水灌溉他們廣大的庭院。

隨著城市發展，廣大土地也分讓給了許多宅邸。據說當時是認為沒有必要花錢去填，但原主畢竟是貴族，或許是留下來作避難通道。後來大部分蓋了起來，串聯著一間間屋子。這遺跡似乎有定期清掃，連蜘蛛網都沒有。

「妳怎麼會知道有這個通道啊？」

提議走這條路去找克拉克的是繆里，就連海蘭也不知道有這條路的樣子。

繆里用腳挪回石板，最後踢幾腳將它踏平，聳聳肩說：

「因為大城市的故事裡常常有這種地下水道嘛。我在中庭看到像石板路的東西從圍牆伸到房屋底下，想說搞不好就是它，所以就趁處理被葡萄汁弄髒的衣服那時候，跟屋子裡的人問了。」

難怪她當時來得有點晚，原來是這麼回事。上街時總是充滿好奇心的繆里，所見的世界真的與我不同。

「那時也沒想到可以直接拿來用啦。對了，娘跟爹也說過他們曾經走過這種路，所以我才會想到。」

這麼說來，我好像也聽過這樣的故事。

「我怎麼能輸給爹娘的冒險呢。」

我是不懂她想爭什麼面子，總之水道派上用場了。

「這裡的房子好像都沒人在，但我們還是在被人看見之前趕快走吧。」

「可能會有人來整理庭院嘛。呃，這邊。」

繆里環顧四周，用狼耳聆聽後朝太陽走。前方是住宅區深處，與馬車行駛的道路是反方向。這裡也是大戶人家的庭院，但沒有海蘭借宿的那麼高檔。以木柵設置的門很樸素，只有一個簡易門栓。

繆里耳朵貼在門上聽了一會兒並拉拴開門，我們來到夏瓏帶我們前往孤兒院時所經過的那種窄巷裡。

「在這種地方玩鬼抓人一定很好玩。」

雖然現在不是說這種悠哉話的時候，但我也懂她的心情。這巷弄拐來拐去，甚至上下起伏，還有很多不曉得是人家土地還是公共洗衣場的不明生活空間。

旅人若只走大街，絕對不會發現這樣的路。

「麻煩妳帶路嘍。」

「交給我吧。」

繆里在平時的衣服上加了件袍子，狼耳在兜帽底下驕傲地拍動。她穿海蘭借的華服很好看，不過我還是覺得這種平民裝束比較好。

或許是時間不近中午也不偏傍晚，巷裡沒人，靜悄悄的，繆里毫不猶豫地小步奔跑。我追著衣襬下不時閃現的銀尾巴，懷裡有封海蘭寫給克拉克的信，內容斥責伊弗的計畫，並建議克拉克協助促成王國與教會的和平。

海蘭是希望用這封信幫我說服他，請他替夏瓏和大教堂牽線。

這次我不能再推辭黎明樞機這個稱號。無論我如何謙虛，世人還是會設法利用這個稱號，將它當成某種權威。

與其被人利用成為傀儡，不如用在我所相信的道路上。

「大哥哥。」

我重整決心時，繆里停下來轉身。

她背後是我曾見過的樓房。

夏瓏所資助的孤兒院。

幸好擔心克拉克不在只是多餘。

敲了幾次門，克拉克就從窺視窗露臉了。

「天啊……」

他立刻開了門，視線跟著往我們身後探。

「只有兩位嗎？」

「這件事需要向夏瓏小姐保密。」

見我們為正事而來，克拉克的臉隨即繃起。

「進來再說吧。」

克拉克等我們進屋便關上門。

「可以借用你一點時間嗎？」

「好……我，現在沒事。吵鬧的男孩子都到附近的舖子裡工作了。」

不工作就沒飯吃。我想起以前受類似設施照顧時的事。

克拉克手上有些墨跡，可能是正在趁孩子不在的時候做些文書工作吧。

「裡面請。這時候還有點太陽，房裡很暖和。」

我們在克拉克帶領下穿過走廊，經過的房間裡有幾個小女孩在紡紗，還無法工作的幼童在一旁睡得正香。

單看這一幕，也許會覺得孤兒院狀況安和，但這景象不一定能持續到所有人都長大到可以獨力生活。

有個不測時沒有親戚可以依靠，一定很令人不安。

「兩位請坐。」

面中庭的房間裡有組桌椅，克拉克似乎就是在這裡藉陽光工作。

和繆里一起坐上感覺隨時會垮的椅子後，克拉克略顯緊張地站著問：

「這裡能招待兩位的，就只有冷開水而已──」

「不必忙了。」

我這麼回答並開門見山地說：

「我們這趟來，是為了大教堂的事。」

克拉克的眼赫然瞪大。

緊繃的身體放鬆時，也吐出了認命般的嘆息。

「既然還需要跟夏瓏保密，應該不是什麼愉快的事吧。」

克拉克從敞開的木窗望向中庭，如捱罵的少年般在身前交握十指。

「兩位是需要我幫忙說些什麼呢……」

「目的是讓大教堂和夏瓏小姐他們和解。所以克拉克先生，我們需要你替我向大教堂的聖職人員傳話。」

海蘭的權威都逼不開大教堂的門了，黎明樞機是教會改革運動的旗手，自己傻傻過去更不可能開得了。

可是，我們說不定能藉克拉克的口傳話。

然而事與願違，克拉克的回答很冷淡。

「我……辦不到。」

「……這是指傳話，還是……？」

「都是。」

克拉克答得簡短直白，視線卻無力地垂向地上，感覺不太對勁。接著他閉起眼，說道：

「我也有一事相求。」

他直視我說出的話，使我為之愕然。

「能請您離開這座城嗎？」

我當然有料到他會拒絕傳話。

但完全沒想到他會這麼說。

「能請您什麼也別問，趕快離開，再也不碰夏瓏和教會的那些衝突嗎？」

克拉克是能向教會領取聖祿的正式聖職人員，而黎明樞機是企圖逼迫教會改革的人，也就是敵人。

明知如此還來拜託克拉克，是因為他出身背景與夏瓏相近，也願意協助夏瓏管理孤兒院。而且他還違反教會的意思，分抄我翻譯成俗文的部分聖經，發給城裡的禮拜堂。與我見面時的興奮神情，也不像在演戲。

這樣的克拉克居然會要我別管這件事並離開這裡，實在讓我太過意外，不曉得該如何答覆才好。而克拉克自己似乎也對自己說的話很沒自信，視線飄移不定，還咬著嘴唇。

又是這種矛盾的感覺。語言很銳利，舉止卻像隻怯懦的羊。

身旁繆里的嘆息，好像在說又多了一個沒用的哥哥。

「大哥哥是站在夏瓏這邊的喔？你還是要趕我們走嗎？」

克拉克用按壓傷口的表情看來。

「……」

他的回答，就只是默默點頭。

表情怎麼看都像是迫不得已才要趕我們走，我才驚覺可能發生了什麼事。

「該不會是大教堂來恐嚇你們吧？」

雖不知大教堂那邊有沒有接到黎明樞機來到勞茲本的消息，但很有可能早就嚴厲交代過絕不能聽從王國方的人任何一句話。

孤兒院裡孩子這麼多，夠當人質了。

可是克拉克搖了頭。

「不是。他們一直都是躲在石牆裡面，祈禱事情好轉而已。」

他表情哀傷，話裡卻有鈍刺。和源自不齒的憤怒或許有點像。

「不然是為什麼？」

面對我的追問，克拉克慢慢搖頭。

然後吸一大口氣，像是想聚集某些東西。

「你覺得夏瓏為什麼留我在這裡？」

投來的視線，明顯有近似敵意的情緒。

「因為……你和他們有一樣的過去……」

「對，但不只是那樣而已。她可是夏瓏啊。一個那麼年輕的女孩子家可以召集、統率那麼多被聖職人員拋棄的人，成為徵稅員公會的副會長。這樣的才女，不會只因為這樣的理由就把我擺在這裡。」

他的口吻卑屈得像是在怨恨，又像是自棄。

我不禁看看繆里，繆里也疑惑地看著我。

「夏瓏是認為我有利用價值，才讓我管理這所孤兒院。當時教會停發聖祿，我正為怎麼活下去而發愁時，這其實是幫了我大忙。而且多少收拾教會的爛攤子，也有贖罪的效用。」

克拉克說得很快，像在傾吐積壓已久的心事。最後又用力吸口氣，繼續說：

「夏瓏留我在這裡，絕對不是因為身世類似的同儕意識，而是因為我的身分。和你的來意一樣。」

說到這裡，克拉克的臉都卑屈到扭曲了。

「夏瓏當初也是希望跟大教堂和解啊，所以她留我在這裡傳話。」

夏瓏也曾經希望和解？驚訝之餘，我感到一點希望。

「那你不是更應該幫助我們嗎？我——」

「不，沒用的。」

克拉克打斷我的話。

「沒用？」

「沒用。你知道夏瓏現在的眼神為什麼那麼陰暗嗎……夏瓏當初也對我的——不，對我們的父親懷抱著希望。」

背後走廊忽然傳來孩子的哭聲，但很快就停了。大概是紡紗的女孩在哄了吧。

克拉克等到哭聲結束，四周再次恢復寂靜，疲憊不堪地說：

「夏瓏他們也不是一開始就這麼激進。當時徵稅權發得很慷慨，外地人發現這是個安身立命的好機會，便四處奔波來幫助與自己境遇相同的人，組織公會來提供更好的幫助，並不是為了血腥復仇。」

滿心仇恨、無論如何都要將聖職人員拖出大教堂吊死街頭的夏瓏，見到孤兒院的孩子們也會露出溫柔表情。

會有這兩張差異巨大的面貌，是有原因的嗎。

「在這裡徵稅的過程中，夏瓏發現勞茲本大教堂裡有很多『叔叔』，便以徵稅為由要和他們對話。大教堂在那時候就已經是門戶緊閉，高階聖職人員死不見人了。夏瓏是認為徵稅有王權作後盾，他們應該會答應。」

伊蕾妮雅也是這麼想。

「可是大主教這些高階聖職人員全都不答應，因為答應就等於承認自己的罪行。」

克拉克彎起嘴角諷刺地笑。我也能體會。

不承認，就等於沒發生過。

教會的種種惡習，就是這樣累積起來的。

「但只是如此，夏瓏他們還不會那麼憤怒吧。」

克拉克垂下雙肩，望向窗外。

那張側臉上，心思隨漸顯昏黃的午後陽光飛馳。

「發生了什麼事嗎？」

經我一催，克拉克對著中庭閉上雙眼。

「都是你的錯啊，黎明樞機大人。」

隨後投來的視線和言語與初會時完全不同，充滿了憤怒。

「原因就是出在你在阿蒂夫升起了改革的狼煙。王國的聖職人員都慌了起來，紛紛詢問教廷的意見，而答覆就是『絕不妥協』。在阿蒂夫事件後，人們聽說本來算是異端也算教會這邊的北方群島地區，竟然投靠了王國，而且教廷所派出的大主教還灰頭土臉地被趕了回來，全城都在聊這件事。」

就是搭魯維克同盟的船過去，想用錢收買歐塔姆他們的大主教。勞茲本是港都，事情是從船員傳開的吧。

「這件事，讓這個有許多外地商人的城市氣氛變得很緊繃，大家都在傳說教會不會允許王國繼續占優勢，早晚要開戰。」

權力非得用武力保護不可。

而我和海蘭打著改革教會的旗幟，挑戰他們的權威。

「夏瓏他們以為又看見了希望。認為在恐怕開戰的急迫狀況下，『叔叔』有成為人質的危險，會想到大陸避難。這麼一來，也許會在臨走前聽聽他們怎麼說。」

會期待他人的善意，是因為心裡還有慈悲。

夏瓏個性實際，不會見死不救。

所以也期待對方呼應。

「結果被背叛了？」

克拉克悲悽地笑，雙手安分不了似的又疊又放。

「大主教他們最後下的決定不是和夏瓏他們協商，而是找商人幫忙。」

港口的衝突浮現腦海。那當中沒有半分毫互相諒解的意思。

「王國因為你的表現，力量日益增強。所以教會認為以王國為後盾的徵稅員遲早會壓垮教會，於是拉攏貿易商公會，正面與夏瓏他們敵對。你知道夏瓏見到這個結果有多錯愕嗎？這些『叔叔』眼看戰爭這種慘劇就快發生，也依然不願意站上前線。」

克拉克的視線責怪的不像是翻攪世潮的天真蠢羊，而是他自己。

夏瓏知道大主教那邊的答覆之後，一定是在克拉克面前傷心欲絕吧，而克拉克也因此明白自己是多麼無力。

我也很清楚祈禱的力量在現實問題面前是多麼無力。

可是克拉克接下來的話，表示事情不只是這樣。

「不過……不過我和夏瓏對那些人這麼失望，是因為他們不是真正的壞人。」

不是壞人？

克拉克哀怨至極的笑潛入了我疑惑的空隙。

「大主教他們其實也知道我和夏瓏在撐這間孤兒院，照顧這些小孩。這城市雖大，這種事還是藏不住的。可是他們沒有責怪我，還找人捐錢，幫我們維持下去。我看夏瓏也多少有察覺這件事吧。」

我愈聽愈糊塗。

大主教他們會捐錢給這所孤兒院？他們拒絕對話，拒絕親上前線抗爭，還找貿易商公會驅趕徵稅員，居然會做這種事。

繆里喃喃地對想不通的我說：

「真正的壞人，其實很少。」

克拉克睜大眼睛，慢慢點頭。

「對。在夏瓏他們態度變得強硬、激進的時候，我從高階祭司聽說了大主教他們的想法，真的是不曉得該說什麼才好。大主教他們並不是覺得夏瓏他們礙事而找來貿易商公會的。」

看著繆里白眼聳肩，我不禁插話。

「請、請等一下，我聽不懂這是在說什麼。那個，我打聽到的是，大教堂找商人幫忙，要讓教會在對王國的戰爭中占上風。而且你也說，這是大主教他們拒絕面對夏瓏小姐那邊而做的對策，那怎麼……」

不是和夏瓏他們敵對？

彷彿站在不知該如何落腳的沼地裡，類似暈船的感覺侵襲了我。

克拉克突然以格外溫柔的微笑看著我，像是對我的混亂表示理解。

「很難懂吧，我也一樣。可是聽他解釋以後，我總算是明白了。大主教他們不完全是壞人，但當然也算不上好人。」

稍作停頓後，他繼續說下去：

「大主教他們為了守住地位，必須讓教廷知道他們也在對抗王國。可是他們也怕這樣下去會演變成真正的戰爭，真的要和夏瓏他們動刀動槍。儘管王國正在勢頭上，但教會這個組織的力量還是非常強大，大主教他們認為自己必將獲勝，贏得不該贏的仗。你們認為屆時會發生什麼事？大主教這群贏家，首先會收到教廷來的命令，要他們把膽敢對抗教會的人送上火刑台。」

王國的尖兵是什麼人。

就是夏瓏他們。

「誰能忍心燒死自己的骨肉呢。他們心裡還是有良知的。會捐錢給這所孤兒院，表示他們還沒忘記什麼叫罪惡感。他們的罪惡，就在於不夠壞也不夠好，以及對大教堂主教寶座的執著。很不幸地，這些這也不想那也不要，可悲又迷茫的羔羊很有腦袋，也很有權力。於是他們將貿易商組織起來，想出能陷王國於絕對不利的計策，期盼王國讓步。」

為了什麼？

這還用說嗎。

「為了不跟王國開戰啦，大哥哥。」

也為了避免戰勝而燒死夏瓏他們。

繆里在早前也提過，若能製造絕對優勢，引導國王讓步，便可能不戰而勝。戰爭其實都是在雙方駁火前就互相對抗很長一段時間，這期間都在嚇唬對方，讓對方認為開戰會吃虧。

在這份上，籠絡商人實在是絕妙的一步。

因為那表面上可以維護自己的立場，也應能保護夏瓏他們。

「可是夏瓏他們聽說實情以後，反而失去了最後的希望。因為他們曉得自己無法將大主教他們視為徹底的壞人，也無法期待他們悔改而和解。面對這些將他們推入不幸的元凶，他們捨不去憤怒，也無處宣洩。這樣的苦惱，很容易變成怨恨。」

夏瓏說，想矯正他們就非得先徹底擊潰不可。

原來是這個意思嗎。

那樣不夠好也不夠壞的態度，一定讓夏瓏他們非常難受吧。畢竟大主教他們到頭來還是要忽視自己過去的罪惡，繼續戴他們道貌岸然的面具。

然而聽了這番話，我氣的不是自私的大主教他們，而是伊弗那邊。

雖然大主教他們的計畫是源自扭曲的良心和內心的弱點，但還是為了保護夏瓏他們。伊弗那邊卻像是在嘲笑他們，要利用這一點。

伊弗那邊是以必然開戰為前提立定計畫，而且恐怕會親手點起戰火。他們會沒發現大主教的算盤嗎？不可能的事。

他們是連血和淚都想賣錢的人。

一個念頭閃過我腦海。如果將大主教他們的計畫遭到商人利用的事告訴克拉克，克拉克說不定就會向大主教轉達這件事。

可是這會有什麼結果？不管怎麼想，我只能想到大主教他們切割商人，態度硬化而再也不相信任何人。那樣做只是滿足自己小小的正義感而已。這個事實對商人不利，應該能換來更好的效果才對。

以這個事實為槓桿，有辦法扳動伊弗他們嗎？就算和解無望，是不是也能請他們安排雙方坐下來談呢？不然——

「大哥哥？」

繆里將我喚回神來。

「不、不好意思……這些話讓我有很多事要想……」

繆里輕嘆一聲後，往克拉克看去。

「但是，為什麼？」

「咦？」

「為什麼事情會變成要大哥哥離開這座城啊？就算不可能和解，大哥哥還是站在那隻臭——夏瓏這邊的啊？」

沒錯。難道他是要我別再添亂嗎？

黎明樞機這稱號，如今有巨大的社會影響力。

但若只是巨大，無法敏捷行動，就跟牛闖進擺滿壺的油鋪一樣。不管做什麼，都免不了弄得雞飛狗跳。

克拉克抬起頭，疲憊地笑。

「您還不懂嗎？因為我沒辦法責怪大主教他們，我也陷入了同樣的罪孽啊。」

那是一張嗚咽啜泣後的恍惚笑容。見到克拉克這個樣子，繆里的表情忽然變得沉痛。與我熟悉的不同，非常成熟。

「你愛上她了嗎？」

這讓克拉克倒抽一口氣，閉眼咬牙。

「……對，所以我沒資格指責大主教他們。我身居聖職卻被她吸引，所以才會甘願留在這裡照顧孤兒。同時——」

克拉克失去光彩的眼睛轉向我。

「我無法幫助夏瓏而你卻可以，也讓我好難受，覺得自己好窩囊。這除了嫉妒以外，什麼也不是……」

世上沒有完全無辜的牧人。且聖經上說人人生而有罪，只能祈求神的救贖。

克拉克並非聖人，只是個平凡的善良青年。
他會這麼痛苦，是因為他真心愛著夏瓏，而他的信仰也是千真萬確吧。
看著閉眼低頭的克拉克，我忍不住伸出手，但被抓回來。
繆里對我搖搖頭說：
「走吧，大哥哥。」
善解人意的繆里用眼神告訴我，我們已經無法期望克拉克的協助，不管說什麼都會傷他更深。我放下手，繆里便如見我放下武器般鬆了口氣。
即使明知再待下去也不會有任何進展，然而我也不太願意把心靈快被大石磨磨碎的青年留在這裡。
最後是繆里拔草似的拉著抬不起腳的我，我才終於能走。
「如果我和夏瓏像你們一樣是兄妹就好了。」
突來的這句話使得繆里突然聳肩愣住。
繆里一直想推翻我們兄妹的關係。
大概是心裡閃過訂正的念頭，但又覺得太小家子氣吧。
她頭也不回地繼續往前走，側臉似乎非常緊繃。
「繆里？」

走廊上，我忍不住叫她。只見她閉上眼睛，慢慢吸口氣說：

「我不會永遠是你妹妹。是吧？」

看她像平常一樣嘟起嘴，我就放心了。

「我倒是很希望妳早點變成不用人傷腦筋的妹妹。」

繆里嘴嘟得更大，抱著羊的原毛路過的女孩子看得都傻住了。

走出沒人目送的孤兒院，在陽光明媚但仍有冬季餘韻的寒風吹撫下，嘆息脫口而出。大教堂裡的大主教他們和夏瓏那邊的關係真是剪不斷理還亂，本應聯繫兩者的救命繩克拉克，又因為愛上夏瓏而無法指責大主教他們。

但我也不是一無所獲。

「話說大哥哥。」

「怎樣？」

繆里用力拉我袖子，我轉頭問。

「你有抓到那些話的重點嗎？」

她像是要繼續剛收起的嘟嘟臉，往我瞪來。

「那個做壞的大哥哥，透露了一件很重要的事。」

我是不覺得克拉克比我差勁，但承認我們是同一類型倒還可以。

「妳是說伊弗他們吧。」

繆里聽了稍微噘起嘴，很刻意地挑起一眉。

「哼……有點成長了嘛。」

我都不曉得換了妳幾年尿布，竟敢這樣說我。可是有黃金羊齒亭的前例在，我恐怕有好一陣子回不了嘴。

「那隻壞狐狸，完全是反過來利用教會的人沒有真的想開戰嘛！真的壞死了！」

可能是繆里也很愛搗蛋，有點同類相輕吧，罵得特別凶。

「伊弗小姐無視於大主教他們的意思，想引爆戰爭。雖然他們自己是說，不會讓任何一方得勝……」

但是否真能如此還是未知數，而夏瓏他們必定要為點燃引線負責。最重要的是，戰爭不會讓任何人幸福，只有伊弗他們能在黑暗最深沉的角落，十張二十張蜘蛛網底下優雅地喝著葡萄酒。

而我們現在終於發現他們的位置，抓住他們計謀的核心了。

「繆里。」

「什麼事～？」

走在前頭的繆里聽我一喚而停下，轉過身來。

並以刻意拖長的稚嫩語調這麼問。

說句不中聽的，那雙紅眼睛就像是等著我陪她玩的小狗。

「我無法坐視伊弗小姐的詭計，夏瓏小姐也需要幫助。」

繆里兩端嘴角高高吊起，笑得好不開心。

對四周看也不看就露出耳朵尾巴。

「我希望大哥哥永遠都是這麼帥的大哥哥。當然——」

繆里賊兮兮地挽著我的手。

「條件是我要當你的盾，還有你的劍。」

有個遊戲叫兩人三腳。

互相補足彼此缺點這種事，沒有固定的形式。

「只要有妳在，在容易踏空的地方我也敢大膽踏出去。」

繆里拍著耳朵尾巴說：

「那現在要怎麼做。」

「要先威脅——咳咳，請求伊弗小姐協助。用黎明樞機這個誇張的名稱。」

「嗯哼？大哥哥也會說這種話啦。」

繆里笑得好賊。

「大哥哥，抓狐狸嘍！」

但那也是張可靠的笑臉。

在海蘭的護衛騎士把監視海蘭那間宅邸的人抓起來盤問後，我們很快就查出伊弗住在勞茲本的哪裡。

不過伊弗也沒有特別想隱瞞的樣子，監視的人們很快就鬆口，而那個地方也是勞茲本的公共建築。

海蘭向議會打聽後，還知道伊弗是以要留下來做一陣子生意為由，經過正式手續租下來的。看起來詭計多端，該做的還是會照規矩來，實在很有伊弗的風格。

「出事就大喊，我會派騎士守著。」

我在伊弗下榻處附近下馬。

這隊伍共有四匹體格強健的駿馬，海蘭一匹、兩個騎士各一匹，另外還有兩名徒步護衛。對海蘭轉述克拉克的話，讓她知道伊弗的巢穴有多深以後，她似乎完全把伊弗當成了敵人。

「拜託你了。」

言重了之類的話，我沒有說。伊弗擺在天平上的，不只是勞茲本龐大的交易利益，還是關係到王國存亡，規模無從估計的驚天走私。

與黃金相比，人命是那麼地輕。

且伊弗是極為謹慎的人。即使我有利用價值，我也不敢說自己安全。

「走吧，繆里。」

「嗯。」

我們留下表情擔憂的海蘭與其部下，單獨向前走。

這裡是吵鬧的勞茲本當中難得安靜的地方，以前很繁榮，現在成了時代潮流退去的遺跡。當年港口設在這邊河口，市場也是熱鬧非凡。

「感覺好神奇喔。才走沒多遠，原本擠到不能呼吸的人群就全不見了，好像變成另一座城一樣。」

「這邊幾乎都是大商行跟工匠公會的倉庫，所以才會這樣。」

建築物本身都還在使用，但又大又舊，給人灰暗的印象。即使不時有滿載貨物的馬車經過，也沒有值得讚嘆之處。

勞茲本是建立於河口的城市。據說這裡的港口在多年前由於淤沙嚴重，船再也進不來而遷移。而且這裡腹地本來就小，港口機能又轉移出去，活力急速流失。

且更糟的是這裡原本是鬧區，建築物都是又大又氣派，小工匠和攤商付不起租金，打掉重建為低價住宅也不太實際。

人口不斷流失而沒落，沒落了就沒人想來。

於是這裡現在不是因為屋子大而改建成倉庫，就是因為可以避開擾人的喧噪而成了富人的別墅用地。

伊弗租的就是在這地區從前專門用來裝卸、估量麥穀，現在已經沒人使用的公倉。

「她穿得那麼高貴，怎麼會住這種地方啊。」

總算抵達後，見到的是如繆里所言，十分不起眼的建築。

一樓部分整個都是卸貨區，有個大得像鯨魚嘴的木門，鯨魚嘴旁是直通二樓的石階。

整棟樓有四層，一至二樓為石造，再上去是木造，都已發黑。

任何角落都沒有華美的裝飾，完全是實用取向，且現在再添上無人使用的哀愁，不只是不起眼，還顯得很陰鬱。

「其實還是很有伊弗小姐的感覺啦。」

「是嗎？」

「妳看鑲在這裡的銅板。」

一樓鑲了一面布滿綠繡的銅板。

「嗯？呃……麥捆路？」

「那是門口這條路的名字。麥子是這座城的生命線，表示這裡是這個地區的核心建築，以前還要負責維護這條路呢。」

維護道路基本上是沿線居民的責任，名字能做路名的，都是那條路的頭臉。儘管這裡遭到時代遺棄，對這座城仍然有重大歷史意義。伊弗不找金玉其外的豪宅，而選擇住在這種地方，實在很像是經過千錘百鍊的商人，有種莫名的欣慰。

「從這種地方也能看得出她的謹慎呢。」

「大概聽得懂。守衛也在看我們呢。」

「咦！」

繆里往二樓看時，一樓的門打了開來，在黃金羊鹵亭見過的護衛從樓上的窗口露臉。

「老闆正在等二位光臨。」

真的是高高在上。可以窺見他們明知我們會來，或是來了也無所謂的自信。不然就是虛張聲勢，要對方嚇自己。

伊弗就像顏色會隨觀看角度改變的寶石。

胡思亂想反而容易中陷阱。

「我們走吧，繆里。」

「我先把麥子袋拿出來。」

不知她是幾分認真，她將掛在脖子上，裝滿麥穀的小布囊從衣服裡拉出來。繼承赫蘿之血的繆里，能藉小麥的力量化為狼形。無論伊弗的力量再強大，也肯定是贏不了狼，除非某個傻哥哥被抓起來當人質。

一定要小心。我反覆自誡。

我們登上石階，穿過開啟的門，見到兩名護衛在門後注視我們。

「打擾了。」

兩名護衛話不多說，一個關門一個領路，連檢查我們有沒有帶武器也沒有。

伊弗租借的古老麥倉與想像不同，堆滿了物品。每樣都擺了很久，應該不是伊弗的貨。黯淡的景象，和服裝華美的護衛很不搭調。

所幸地面掃得很乾淨，沒有到處積灰。走廊雖窄，卻很通風。淡淡的河口海潮香，取代了塵埃的味道。

護衛默默上樓，往三樓去。從樓梯可以綜覽一樓倉庫，也能直接看到四樓的天花板。

橫跨鏤空部分的粗柱不是梁，而是起重機的殘跡，滑車和斷繩如藤蔓般到處垂吊。

穿過三樓來到四樓，樓梯盡頭擺了張大桌，那個大漢就拿著羽毛筆坐在桌邊。他體格大歸大，羊皮紙上的字卻又小又整齊。

寫的是陌生的語言，一個字也看不懂。

「老闆在裡面。」

大漢只是這麼說就繼續文書工作。

繆里似乎不喜歡他們的從容態度，哼了一聲。

「老闆。」

護衛敲敲深處房間的門，裡頭小聲回答：「進來。」

門一開就有股冷風撫過臉頰。

「伊弗小姐？」

門後像是辦公室，但沒有伊弗的身影。

「大哥哥。」

繆里扯扯我的袖子，我隨她的食指看過去。那裡還有另一間房，面河的一側沒有牆，對外開放。

海面反射的淺藍色渲染整個房間，遠處可見勞茲本忙碌的港口，這裡卻安靜無聲，美得宛如夢境。

伊弗就在那房間外，面河口的陽台。

「你是來補黃金羊齒亭沒給我的答覆嗎？」

她坐在大椅子上，一旁放著酒和肉乾。那個舉傘少女也在，笑咪咪地看著我。

「景色很美吧？從前大船還會停到這間房子前面來，要二十個人操作的起重機抬起頭，將送過來的小麥從軌道送到一樓倉庫去，流得像瀑布一樣。」

伊弗頭轉也不轉，愉快地說。

「伊弗小姐，我明白您的詭計了。」

伊弗換邊翹腳，舉起右手。舉傘少女一鞠躬，踏著優雅步伐穿過我們身旁，離開房間。

「妳是反過來利用大主教他們的父母心，想出了這場走私計畫吧。」

一隻海鳥嘩嘩叫著飛過。在船上或港邊凶狠得不能疏忽的海鳥，在這裡看起來卻是很孤單的樣子。

「父母心啊。」

「我不喜歡這樣的欺瞞行為，也同情不起來。」

伊弗似乎很喜歡這個回答，解開交疊的腿站起來。

「你聽誰說的？大教堂應該誰也不會開門才對……應該也沒有聖職人員會幫助跟海蘭一夥的你啊？」

我注意到繆里的站法有所改變。逆光中，伊弗的眼神有如盯上獵物的林獸。

「我可是黎明樞機呢。」

這話使伊弗睜圓了眼，嗤嗤笑起來。

「說得沒錯。你有你的管道，也有你的智慧。不錯，非常好。」

伊弗笑了笑並深吸口氣，說道：

「所以呢，你們是來做什麼的？」

逆光而潛藏在黑影中的眼珠、嘴巴，有如在黑暗森林遊盪的野獸慢慢浮現。

暴露敵意之後，伊弗的身影感覺膨脹起來。

伊弗經歷過我們所無法想像的無數風浪，我不認為自己贏得了她。可是，我十分確信正義站在我們這邊。

「我會大舉告發你們。」

「喔？」

「以黎明樞機的名義，公開告發商人企圖欺騙大教堂。」

「……」

伊弗保持笑容閉上了嘴。

我明白那是要我繼續的意思，便深呼吸後說：

「我在過去的旅途上，了解到人民絕不是憎恨教會，也不是認為教會沒有存在的必要。在這樣的狀況下，如果我以黎明樞機的名義，告發貪心商人欺騙大教堂，想靠走私賺大錢，您覺得會發生什麼事？人民一定會站在大教堂那邊吧。另外，只要王國也想避免與教會的關係急劇惡化，進而避免戰爭，也會藉這個機會替教會撐腰，懲罰不肖商人。」

如此一來伊弗他們別說走私，還可能因為謀反罪吊死街頭。

我們當然不想做得這麼絕，只是希望在威嚇之後，請她勸大教堂的人和夏瓏他們談一談而已，並要求貿易商公會減緩對徵稅員的阻礙。

這樣戰爭的烏雲就會遠去，夏瓏那邊和大主教他們的問題將以某種形式平安解決吧。

當然，對於期盼戰爭的伊弗他們來說，這想必是吃虧的事，但總比走私被告發而遭處死來得好多了。

伊弗他們計畫的芽，在克拉克說出實情時就已經潰散。

再來就等伊弗表示收手了。

「那好吧。」

贏了。

就在我滿心激昂，準備說出交換條件時——

「你想去告發的話，那就去吧。」

原以為又前進了一階，結果踏下去什麼也沒有。

如此近似暈眩的漂浮感擾亂了我的思緒。

「告發也無所謂。真是的，還以為你要說什麼呢，嚇死我了。」

伊弗扭身拿起陽台桌上的玻璃瓶，喝裡頭的酒。

我不懂她的意思，愣在原處。

「伊弗、小姐？」

「做什麼？」

在這時候不知該怎麼回答，也是無可厚非的事吧。要是她拿出匕首威脅我，打得渾身是血，我還不覺得意外。我想都沒想過伊弗會是這種反應。

「我，那個……」

「不是要告發嗎？去呀，沒關係。」

要我別去，我還能懂。伊弗的從容是從何而來？我開始懷疑自己有所遺漏而焦慮。

她整個計畫都要泡湯了，卻還是若無其事，會是在唬我嗎？

該不會是根本不想讓我活著離開吧。我看看繆里，而繆里也是不可思議的表情。

「啊，這樣啊。你們以為我計畫被毀就會惱羞成怒，又哭又叫是吧？然後趁這個時候跟我談條件嗎？」

她猜得太準，讓我身體跟腦袋都僵了。

「有什麼好生氣的，我還有其他賺錢的方法。」

伊弗聳聳肩，摳摳卡在牙縫裡的肉乾屑，彈出陽台。

「而且由你來告發的話，反而還比較好呢。既然要告，我就順便把亞戈他們在這裡幹過多少骯髒勾當都整捆告訴你吧？你把事情弄得愈大，我就愈好賺，你們自己也方便吧？」

伊弗究竟在說些什麼？我錯看伊弗的哪裡了？

見我無言以對，伊弗露出真切的溫柔笑容。

「呵呵，你迷茫的樣子還是跟小時候一樣呢。」

只是退了半步，就有倒回孩提時代的感覺。什麼都好，我得說點話來反擊。

「為什麼？為什麼您……」

她的冷笑多了點悲哀。

「你是問我為什麼不怕告發，還是我為什麼要背叛亞戈他們？」

沉默，代表兩者皆是。

「不怕告發，是因為有人會救我。而且背叛亞戈他們的不是我，他們的上司已經準備把他們處理掉了。」

謎團愈說愈多。

我這德性讓伊弗看得輕嘆一聲，對愚鈍徒弟講解似的說：

「我們的計畫，是王國與南方之間的大規模走私，這不可能是只靠勞茲本的分行就處理得來的吧？當然，他們需要事先知會本國總行的高層，可是坐在總行椅子上的全是真正的商人。走私這麼危險的事，沒保險怎麼行。」

真正的商人這字眼，給我不好的預感。

想到巢居深院之中的魑魅魍魎。

略寒的海風吹動伊弗柔軟的頭髮。

「這些真正的商人，拜託我在走私計畫失敗的時候執行第二契約，告發亞戈他們。也就是說，要在遠離本國，難以監控的這個城市，把幹了太多壞事的商人一網打盡。你這陣子也經歷過類似的事吧？」

她是說迪薩列夫的事。

在迪薩列夫，有群德堡商行的商人為中飽私囊，長期盜賣大教堂的寶藏。希爾德等德堡商行的幹部當然不會認同這種行為。

然而天天監視隔一道海峽的遙遠城鎮發生的事，實質上是不可能的，所以這種事層出不窮。那麼在專司大規模遠地貿易的大商行中，情況會是如何呢。

「清理門戶這種事，需要費一點功夫。像王國和教會這種大勢力之間的衝突，就是絕佳的機會。就像……石磨愈大，一次能磨碎的東西就愈多。」

伊弗的手轉石磨似的繞圈。將被這口石磨磨碎的不是麥穀或葡萄，而是怎麼煎怎麼煮也不能吃的商人。

此時的伊弗，彷彿就是在地獄鞭笞罪人，長了山羊角的惡魔。

「走私很賺，可是風險極高。另一方面，清理這些不聽話的部下雖然沒錢可賺，真正的商人卻能因此確保日後的安全。因為會想在遠地累積力量的部下，遲早會拿著武器回來反咬主人。」

商人連自己人都要猜疑，不放過一點風吹草動。

不只是商人，海蘭也要提防克里凡多王子這樣的危險因素。

世上大部分的事，都與這樣的惡意比鄰。

「所以呢，真正的商人要我做什麼，我就做什麼，也就是當他們的跑腿。當然，到處卑躬屈膝陪笑臉，也讓我立於不管哪邊的契約成功了都能大賺一筆的不敗之地。」

怎麼會是跑腿呢。

沒料想到她是這麼可怕的人物，讓我嘴裡隨她的笑容發苦。將光芒探入黑暗深淵裡，卻發現更深的黑暗。

「說吧，你們絞盡腦汁，想出用告發威脅我這一招，是要我做什麼呢？」

伊弗說得像個對答案的教會法學者。

「很難想像你會跟我討封口費。你們自認是正義與信仰之師嘛……」

舔舐般的視線令人發毛。

「既然你說你知道了大教堂那的事，照你的個性來看，可能只是正義感作祟，要我別做壞事，但這樣也太差勁了。多半是要我替互相僵持不下的大教堂和徵稅員搭一條橋吧？私底下和解，是還有點機會。大教堂那些人應該也不想讓人知道徵稅員都是他們的孩子，徵稅員都是外地人，不太會計較一般的面子問題。嗯，你的選擇差不多就是這樣。」

我和海蘭，以及夏瓏的動機都非常明確，伊弗對夏瓏他們的事有所掌握也是當然。況且，我們很守規矩。

一步一步慢慢想，要導出這個結論並不難。

伊弗的可怕之處，在於她只需要一瞬間。

不管我怎麼跑，都能像我從來沒跑過似的霎時追上，根本是森林裡的狼。

「好啦，你的牌都打完了嗎？」

伊弗一個拍手說道：

「攻守要逆轉嘍，黎明樞機閣下。」

由後追來的狼張開了嘴。

「你要去告發我們走私就請便，不去也沒關係。要是不去，我們就要去談怎麼賺錢了。或許你已經猜到，我們要用送進徵稅員公會的臥底攻擊大教堂，給教會開戰的名目，再跟不得不確保物資的王國談走私怎麼算。無論海蘭殿下再怎麼不願意，國王也不會拒絕。」

伊弗玩弄獵物般在腿上咬一口就退開。

「要告發當然無所謂。等我見證亞戈他們因為合議謀害教會而送上火刑台以後，就會回到南方跟那邊真正的商人舉杯慶功。當然教會在那之後會特別注意走私的可能，誰也不會願意幫助王國，更別說是錢途被斷的我了。到時候教會無疑會認為戰況有利，而你們——」

伊弗．波倫的狼牙抵在我咽喉上。

「就要在孤立無援的狀況下應戰了。」

威脅這種事，要在對方沒有退路時才有用。

告發走私逼不死伊弗，反而會讓她賺得更多。

被逼死的反而是我們。

「來，隨便你選，我給你自由選擇的機會。就當是你在黃金羊鹵亭躲過我項圈的獎勵。」

伊弗視線移到繆里身上。

即使受到敵意的投射，繆里也只能忿恨地抿歪了嘴。她知道道理全都是站在伊弗那邊吧。

「我承認這是個困難的選擇，我也不想面對這種事。所以為了避免這種情況發生，我會萬分謹慎地做好事前的準備。那麼你——」

伊弗的視線再度轉向我。

「到底有沒有仔細推敲過自己要做的每件事呢？」

我無從辯駁，也沒有任何指標幫助我作選擇。

伊弗給我的兩個選項都不是最好，兩邊都會帶來不幸，只有哪邊比較糟的問題，且無疑會大幅影響王國的未來。

在我不知所措時，伊弗向我前進一步。動作是那麼自然無邪，連繆里都反應不及。一晃眼，就被她抱住了。

「寇爾，可以全部交給我嗎？」

那是既如絮語又像哄勸，甚至能說是請求的語調。

「你不適合做這種事，我看得都替你難過了。可是這並不表示你差勁，就像黃金和寶石的差別一樣，你的痛苦只是來自你在不適合的地方戰鬥而已。」

繆里說過，如果我像魯華那樣，就不是她的大哥哥了。伊弗慈母似的在我耳邊低語：

「你還可以選擇拿我作後盾。從前的神學家，也都為了更接近神而拿我們商人作後盾呢。」

就如同她抱上來那麼突然般，她又突然鬆手遠離，並對繆里得意地笑。大概是看出繆里就快受不了了吧。

「我就給你兩天時間，你儘管苦惱吧。這很有助於成長。」

我完全看不出她究竟是不是在演戲，不管怎麼看都覺得那是張溫柔的笑容。

「好，話說完了。」

伊弗用桌上的玻璃杯敲敲甕，舉傘少女便進房來。

「送客。」

少女恭敬行禮，以手勢叫來護衛。

就算是我，也知道賴下去不會有任何好處。

伊弗實在太深不可測。

「大哥哥。」

然而和克拉克那時不同，繆里沒有放棄最後的選項，仍注視著露出獠牙，用武力逼伊弗就範的路。

即使能擊敗護衛，我也不認為伊弗是會屈服於武力的人。她膽子沒小到見到獠牙就會害怕，我也沒有刑求她的膽。

我對繆里搖搖頭，她極其不甘地放開了麥穀袋。

情況和克拉克那時相反，這或許就是所謂的角色互補吧。但現在我只能牽起繆里的手，離開房間。

伊弗沒再對我說任何一句話。

走出了從前用來裝卸、估量麥穀的建築後，我以白日見鬼般的恍惚腳步走在路上。

騎馬來接我們的海蘭，一眼就看出我搞砸了。

但她也無法預測事情到底糟到什麼地步。

「難道她是聖經上的惡魔那類嗎？」

馬背上，手握韁繩的海蘭望著伊弗的方向喃喃地說。

就算伊弗給我的這兩天變成一個月，我也知道自己什麼也無法改變。就算苦惱到最後一刻，無論怎麼選都是激烈的後悔和痛苦。

若說伊弗只給我短短兩天是讓我早點脫離苦海，我也不意外。

「有句話我要先告訴你，你一點錯也沒有。」

當天空漸紅，街上的人吁著氣踏上歸途時，海蘭的身影再度出現在馬背上。

「如果是我單打獨鬥，現在恐怕什麼陰謀都沒發現，就像山洪裡的樹葉一樣不知被沖到哪去了。」

海蘭背後同樣騎馬的騎士，從僕從手中接過火把。

「你們已經查到陰謀的所在，接下來是我們的工作。要死兩個人還是三個人這種決定，是我們俗人貴族的義務。我會選最少人犧牲的那一邊。」

從伊弗那裡回到海蘭的宅邸後，我們對如何善後作了番討論。到頭來還是找不到方法避開眼前這兩個選項，頂多只能確定既然制不了伊弗，至少別惹她生氣。

在教會廣布教誨以前，人們對於喜怒無常的大自然和疾病就只能盡可能下跪乞求情況好轉。

伊弗就是這種階層的人。

最後海蘭將這個痛苦的抉擇歸為王室的問題，上馬準備要向國王報告。她以指揮官身分所作的這個判斷，有很大一部分是出於對我的安慰。我是當事人，原本應該同去呈報，她卻要我在屋裡待著。

面對我的抗議，海蘭是這麼說的。

——你是我很重要的棋子，讓你跟我一起向國王報告壞消息，會平白折損你的價值。

她說得非常冷靜，不像有假，但她無疑是要我別碰這個痛苦的抉擇。

「漢斯，麻煩你看家了。」

「小的遵命。」

「你們，打起精神。好久沒夜行軍了，別跟我說在城裡待太久，身體都變鈍嘍。」

海蘭爽朗地這麼說，策馬啟程。馬蹄踏震地面，轉眼便已遠去。即使再也看不見，我也久久挪不動雙腿，只能望著她的去向。看家的漢斯體貼地說：

「請回房吧，這時節夜裡還很冷。」

我是很想乾脆就徹夜守在這裡等海蘭歸來，但我也知道這樣做沒有意義，況且繆里也會跟著我留下。

跟著漢斯返回屋內後，我回望關上的門，不禁嘆息。

「請問要用餐嗎？」
差點就忘了有繆里在而拒絕。
「一點點就好。能麻煩您送到房裡來嗎？」
「謹遵吩咐。」
在餐廳會麻煩到傭人，只有我跟繆里兩個在那麼大的地方吃飯，我也不覺得自己吞得下去。房間不只能放鬆，把我的份全給繆里也不會有人說話。
這麼想著回到房間後，繆里馬上開口。
「大哥哥。」
「……什麼事？」
我在床鋪角落坐下，繆里坐到我身旁。
「我在紐希拉吵架從來沒輸過。」
她突然這麼說。
「不過我怎麼也不會認為自己比來過紐希拉的每個人都厲害。」
在紐希拉，有來自世界各地的王公貴族來訪，經過精挑細選的護衛會在這長途旅程中保護他們的安危。
而我們的旅館裡，有這些護衛聯手也無法戰勝的人物。

但我還是立刻聽懂了繆里的意思。

「期盼一切順利，就跟期盼成神是一樣的吧。」

繆里的母親赫蘿，也曾經被人奉為神祇長年崇拜。

無奈這樣的赫蘿也無法違逆世界的洪流，隱約有種厭世的氛圍。明明外觀除了髮色全都和繆里一樣，看起來成熟世故得多也是這個緣故。

而我想繆里偏偏就是沒注意到這點。有好也有壞吧。

「想不到我也有被妳要求謙虛的一天……哥哥我好高興喔。」

我無力地笑著這麼說，淚汪汪的繆里拍拍耳朵尾巴，要用頭撞我似的撲過來。

「誰贏得了那種人啊。她到底是怎樣啊……」

她的臉在我肩上猛蹭不是因為哭泣，而是想抹去伊弗的味道吧。

「可是——」

繆里停下動作說：

「她做了那麼壞的事，我還是不知道她是不是敵人。」

她真的是個聰明的女孩。

「我覺得伊弗小姐……就像風雨那種東西一樣。雖然風雨有時會造成災害，我們拿它沒辦法，但有時也會幫助我們這樣。」

在黃金面前，伊弗對任何事物都一律平等。

沒有其他想法，就只有殘酷的公平。

「……臭雞他們會怎麼樣啊？」

繆里的問題，讓我知道自己不過是大地上渺小無力的一粒沙。

「如果選擇通知大教堂走私的事，我們大概會有機會和大教堂裡面的大主教他們商量。商人背叛以後，他們在勞茲本就孤立無援，應該會設法改善狀況，死馬也要當活馬醫，說不定會願意聽我們說話。」

「嗯。」

「但是，沒人曉得他們會不會因此真心為過去的所作所為懺悔，和夏瓏小姐他們和解。」

他們都是非常世故的人，假裝懺悔打發我們回去以後就換了張臉，也不足為奇。

我不知道夏瓏他們會上當，還是會寧願相信事實就是那樣。

「而且伊弗小姐也說了，如果我們選這條路，王國很可能就要在沒有商人幫助的狀況下應戰。王國不會把命運賭在雙方和解那麼微小的可能上。」

要不是伊弗準備了走私曝光也能全身而退的方法，這真的是足以威脅她。

終究是準備周到的人贏了。

「這麼一來，勢必得選擇隱瞞走私這邊……但就現況而言一樣會開戰。大教堂的人會逃到大陸去，以免變成人質吧。」

夏瓏他們或許還能保留徵稅權，但他們憤怒的對象已經不在了。

最後留在這裡，困在仇恨的陷阱裡出不來。

繆里不知是在細細思量我對海蘭反覆說明的事，還是不願相信明擺在我們眼前的結果，只是沉默不語。

一會兒後扭身問：

「……那大哥哥你呢？」

轉過頭去，見到繆里面朝前方垂著眼，沒有看我。

「我嗎？我的話，已經什麼都……」

繆里搖頭打斷。

「不是啦，我說得是更遠以後。」

她這才往我看來。

「大哥哥要走的這條路上，以後還會有很多那種狐狸嘛。」

繆里和我不同，是能夠聞一知十的孩子。

若問她天有多高地有多廣，答案一定比我更接近事實。

「會有很多亂七八糟的人想來利用你吧。那隻狐狸雖然公平得很壞，但應該還有很多真的很壞，根本就不管公平的人吧。」

只要想像一個滿懷惡意的伊弗·波倫，就能完全明白繆里的意思。

「就算隱藏身分來行動，大哥哥你有自信在那個金毛出事的時候不去用那個名字嗎？」

繆里的聰明之處，不是在於隨時能歪理連篇的鬼腦筋，也不是能讓人接受她絕妙任性的說服力，而是能在深林之中忽而止步，將思緒送到常人所看不透的遠處。

「……牧羊犬比羊更了解羊的去向呢。」

我的低語讓繆里表情一愣。

「大哥哥大笨蛋！我是狼耶！」

「對、對不起，那是聖經裡的話啦，不要生氣。」

繆里表情更嘔地轉向一邊。

思慮不周。像這裡就能看出我的瞻前不顧後。

「……妳也覺得我不適合嗎？」

適合，不適合。

繆里對我做出嫌惡的臉，聳聳肩說：

「你是不適合沒錯啦，不過就算回紐希拉，你也一定只會用什麼也不在意的表情裝沒事。」

一路旅行下來，繆里愈來愈伶牙俐齒。

「而且……我想看大哥哥對抗教會的樣子。」

「咦。」

感覺有點意外。

「因為那樣根本是廢物嘛。我不想看到大哥哥輸在這種地方，拖著腳回去的樣子。」

「說話不可以這麼難聽。」

我一叮囑，她就用頭鎚抗議。

不過，我還以為她一定會要我放棄呢。

「臭雞那邊，我還是看不下去。因為那樣……」

繆里的紅眼睛看得我有點慌。

抿住嘴的她眼裡漾著淚水。

「對我來說，那就像是被你拋棄一樣嘛。」

看著繆里快哭的臉，我為自己的不察感到慚愧。繆里不只是同情夏瓏，還設身處地替她想。

我這才察覺到她要我對抗教會的真正理由。

我的夢想，是成為聖職人員。

但至少在對抗教會的期間，我無法成為聖職人員，且結果也可能讓我永遠失去這個機會。屆時繆里害怕的惡夢就不會實現。

對繆里解釋相戀以後單方面的捨棄，和為了加入聖職而告別俗世是兩回事也沒有用吧。對留下來的人來說，兩邊都一樣。

然而除了解釋以外，我又該說什麼呢。我心中沒有答案。

「所以……我……」

繆里的話將我的意識拉回現實。說到一半，她調皮地用垂在床邊的腳勾住我的腳。

「我覺得你站在那個壞狐狸的肩膀上也沒關係。」

「……伊弗小姐肩膀上？」

「嗯。雖然她應該是跟娘一樣可怕的大壞蛋，當同伴的時候還是很可靠。可以給大哥哥厚厚黑雲一樣，我所沒有的力量喔。」

那種黑雲，人們稱之為權力或陰謀。

「比如你認真跟她說你想打垮教會，她一定會舔著嘴巴，把打垮教會以後能拿到的寶箱放到天平上，能賺多少就幫你多少。」

「我也不是想打垮教會啦……」

我倒是能想像伊弗認真動腦的畫面。

「不過感覺會很可怕就是了。我不認為她會配合大哥哥纖細的心靈來策畫。」

繆里的表情就像在說只有我會那麼囉嗦。

有種好像同意又不太能同意，難以言表的感覺。

「可是臭雞說的也是事實吧。」

這時繆里改變語氣說：

「我也覺得比起修好教會，不如拆掉比較快。以後再重建就好。」

繆里不愛聽神的教誨，是因為不感興趣。隨著了解教會藏汙納垢，也開始對教會產生積極的厭惡也說不定。

「沒錯。大哥哥，不要再跟人家硬碰硬，乾脆建立一個你喜歡的教會怎麼樣？」

那種東西不是說建就建得出來，但我想繆里也不是胡言亂語。

「我現在不是在講壞狐狸的肩膀，是講金毛說的那個喔？我覺得其實那樣也不錯。」

「海蘭殿下說的？」

「嗯，她不是說過私立修道院的事嗎。私立就是自己建立的意思吧？」

繆里明明都表現得沒什麼興趣，但還是會仔細地去聽去看，記在心裡。

「有臭雞那種身世的人，不是在那邊過得還不錯嗎？這樣大哥哥不用放棄夢想，金毛也很可能會念在你過去的功勞，幫你蓋一間。」

如此意想不到的提議嚇了我一跳，但說不出話不是因為驚訝。且真正讓我驚訝的，是我竟找不出任何理由來反駁繆里的話。

「常來我們旅館的大鬍子爺爺說過，修道院是讓人安安靜靜慢慢過活的地方，對吧？這樣大哥哥要讀多少書，要想多難的事都可以，我也可以在大哥哥旁邊睡午覺。如果躲在遠離人群的地方，再用高高的牆壁圍起來，就不會被壞狐狸跟暴風雪侵襲了吧。這樣也不錯啊。」

這樣的幻想是那麼地美好，可是若問我是不是不可能實現，很難以置信地，我必須說並不是完全不可能。

海蘭是有王族血統的貴族，在王國裡可能有廣大領地。以我們過去的表現來說，只要肯厚臉皮拜託她，她或許不會拒絕。而且私立修道院能與教會保持距離，可以在海蘭的庇護下自由地追尋信仰之道。

「……老實說，我也沒想過這條路。」

「我想也是。大哥哥的興趣就是挑很難走的路亂爬亂撞，有夠奇怪。」

困難是神所給予的考驗，克服考驗即為信仰的表現。

我不認為現在解釋能讓繆里懂這個意義，且要是她認真問我：「真的嗎？」我也無法證明。

繆里就在這傻哥哥身邊，找到了一塊綠意盎然的青草地。

「我不想阻礙大哥哥的夢想，而且都出來大冒險了，當然不想什麼都沒拿到就回家，好像輸了一樣。」

蓋個修道院平靜度日的想法就是從這裡冒出來的。

若是隸屬教會的修道院，肯定會受到聖祿、管轄教區任命權、母修道院的干涉或內部爭權等問題的紛擾，不得清淨，而私立修道院就不會有這些問題了。只要海蘭持續庇護，每天工作只有到菜園種種藥草的清閒生活絕不是夢。

胸懷大志從紐希拉闖蕩世界，最後得到這樣的生活，已經能讓大多數人讚嘆不已，給予祝福了吧。

有個詞，叫做見好就收。

我們在阿蒂夫升起改革的狼煙，在北方群島地帶獲得歐塔姆等人的支持，又在迪薩列夫解決了大教堂寶物的盜賣事件，還在這裡挖出了名為伊弗的巨大深淵。對王國而言，可說是三頭六臂般的功績。

我無法取代神，也沒有那種想法。

這樣還能走到這一步，或許真的足堪自豪。

「我會考慮。」

大概是從我的語氣聽出不是敷衍，有點贊同的味道吧。

繆里的尾巴咻一下豎起來。

「真、真的嗎？」

看她驚訝成這樣，我不禁苦笑。

「不是妳自己提的嗎？」

「是這樣沒錯啦……」

可能繆里自己也覺得想得太美好。我接受得這麼乾脆，似乎讓她覺得沒趣，尾巴在床上掃來掃去。我對她微微笑說：

「可是修道院是用來禱告的地方，不是給妳睡午覺的。而且，要信教的人才能進去喔。」

「啊！」

繆里大叫著用肩膀頂我的肩膀。

「大哥哥每次都這樣欺負人！」

「我才沒欺負妳。也是有男女共用的修道院啦……但妳不是教徒吧？」

「大哥哥總有一天會娶我當新娘這種事我就信！」

「有這種異教信仰的人，不可以進入神聖的修道院。」

「大哥哥大笨蛋！」

鬥嘴到最後，我們都累得喘一口氣。這次我們沒有摔進刺骨寒夜的汪洋，也沒被關進放火的小房間。

但心裡卻有團感覺比那更糟的霧靄。

繆里啃我的肩膀，也許是因為不想承認這件事。

提議在私立修道院過活，也是想用輕飄飄的夢話掩蓋眼前的無奈。

「我去請人送晚餐來吧。」

這種感覺，大概是永遠抹不去吧。

聽我喃喃地這麼說，機靈的繆里當然不會有其他回答。

「肉要多一點。」

我也只能笑了。

「不要吃太多喔。」

「好～」

還是一樣的淺白對話。

但現在，這比什麼都讓我寬心。

心中近似不安的模糊感受，是我對廣大世界的惶恐吧。

雙手無力可移山。

我們眼裡像天災一樣的伊弗，想必也不是萬能。

這天我很早就鑽進被窩了。

從迪薩列夫搭船來到這座城，大氣都還沒喘一下就被丟進盤著烈火旋轉的大石磨。在大教堂、夏瓏和伊弗三方赤裸裸的心願和慾望交擊下，一個不小心就弄得比想像中還要疲憊。

可能是都寫在臉上了，平時總是比我先進被窩，一熄燈就馬上睡著的繆里用手幫我梳了一會兒的頭。

然而需要煩惱的事有很多很多。無論國王給海蘭怎樣的結論，我們都需要持續觀察勞茲本的動靜。既然大家都指責我是這場混亂的根源，我有責任盡量平息這場風波。

但我實在是一點頭緒也沒有。前方陰暗但內心平靜，單純只是完全沒想法的緣故吧。

於是在入睡之際，心裡只有自己一定會作惡夢的想法。

都開始期待會作怎樣的惡夢了。在黑暗中突然聽見繆里叫我時，還讓我有點掃興。

竟然是繆里拚命喊著「大哥哥！大哥哥！」的夢。

在我不甘被這種事嚇醒而翻身時——

「大哥哥！」

繆里搧了我一巴掌。

「快點起來啦，大哥哥！」

還猛搖肩膀直到我睜眼。我以惺忪的眼往繆里看，見到她表情滿是緊張。

「怎麼了？」

繆里下床跑到窗邊說：

「剛剛有幾匹馬很慌張的跑到門口來了。」

「馬……？咦，馬！」

我跟著想到海蘭，不過繆里應該會說「金毛」才對。

「她不在裡面，可是跟她走的騎士在。」

「只有騎士？該不會遇上強盜了吧……？」

我也掀被下床，從木窗往外看。鐵門前的確有四匹噴著白氣的馬。

再往篝火看，其中兩匹的鞍上掛著蠟染王國圖徽的飾布。記得海蘭的馬沒有這種東西。

「那些人要進來？」

「嗯，他們之前在大聲叫那個鬍子爺爺。」

「妳說漢斯先生？出事了吧。我們也——」

當我正要轉身，房門激烈敲響。

「黎明樞機閣下！」

從音量和敲門的力道判斷，多半是騎士。

「來了。」

門後果然是騎士。身形高大，威武地撐起厚重鎧甲。剃平的深褐短髮冒著煙，看得出他是全速策馬趕來。

而這名氣喘吁吁的騎士以天要塌下來的表情說：

「這是海蘭殿下的急報！國王在我們報告之前就對勞茲本下了敕令！我們路上遇到國王的傳令，殿下便立刻差在下向您報訊！」

知道夏瓏他們的過去、大教堂的欺瞞和伊弗的謀略，我在這座城已經吃了一輩子份的驚。所以原以為再也沒什麼好驚訝了的，但世界實在是非常廣大。

「國王為了避免與教會開戰，要逮捕『變成暴徒的』徵稅員！」

我倒抽一口氣。

「並且派兵保護教會不受徵稅員侵犯，以期談和！」

竟然是國王先退讓了。喔不，多半是因為真的不能忽視克里凡多王子。再怎麼樣都不能被教會和克里凡多王子夾攻。

這是國王為維持王國安定的無奈之舉，怪不了他。

但有件事不能坐視不管。

「陛下將徵稅員視為暴徒了嗎？」

徵稅員是外地人，無論怎麼利用也不會有人為他們哀悼。

將他們視為暴徒，向教會表示王國也同樣排斥他們，他們就成了可以緩和緊張關係的道具。

會遭到怎樣的利用，實在不難想像。

「海蘭殿下要繼續趕到宮裡向陛下報告實情，同時有件事要請您協助！」

騎士露出騎士的眼神，潛聲說道：

「請您救救那些徵稅員。」

遭父母捨棄以後，現在又被應是後盾的王國捨棄。

據說三番兩次戰敗的狗，會永遠輸下去。

可是夏瓏他們不是狗。

他們是自力抓住再起的機會，掙扎著與過去對決的勇者。

「在下現在要去協助議會布陣！希望閣下可以盡可能了解城裡狀況，等海蘭殿下回來！」

騎士說話時，視線是朝向天花板。

只有在說到「協助布陣」時投來若有他指的目光。

停在外頭的四匹馬當中，有兩匹是國王的傳令官吧。不能讓他們知道海蘭真正的想法，所以騎士要透過協助布陣，盡可能妨礙他們。

不過他說過國王派出了軍隊。

「王軍多久會到？」

「黎明時分就能包圍勞茲本！」

好快。

可能是提防克里凡多王子察覺而早已暗中行動，以免對方有時間處置吧。

「知道了……辛苦您了。」

「是！在下告辭！」

騎士大聲這麼說之後轉身奔過走廊。漢斯在稍遠處看情況，不愧是有多年歷練的老管家，不慌也不忙。

「要出門嗎？要穿什麼？」

我是不想多花時間更衣，可是繆里先開口了。

「借我們豪華的。」

雖說由奢入儉難，但也該看時候吧。正要轉身對繆里這麼說時——

「你要穿聖職人員的衣服過去嗎？想被自己人從背後砍啊？」

結果是繆里比較冷靜。

「好的。」

漢斯一拍手，在鄰房待命的女傭們就悄然現身。

「真有一套。」

「哪裡。」

漢斯淡淡地這麼說，稍微吊起嘴角向繆里微笑。

為他還挺風趣驚訝之餘，也為繆里真的和誰都能很快就打成一片感到佩服和唏噓。

「大哥哥，快來換吧。順便想怎麼辦。」

在紐希拉山上圍獵鹿隻時，繆里也是帶頭下指示。

在這種時候眼前有事能做，心裡也會踏實一點。

「是啊，快想吧。」

不可草率行動。時間有限，能做的更有限。

「快想吧。」

聽我叮嚀自己似的這麼說，繆里在我背上拍了兩下。

第五幕

我們都同意先去通知夏瓏。

同時也要思考該怎麼讓他們逃出城外。既然王軍會在黎明時包圍勞茲本，多半已有騎兵或斥候在監視城外動靜。即使是黑夜，那麼多人走過平原照樣會立刻被發現。我們搭船過來時，繆里都因為平原上一點遮蔽物也沒有而不安了。

這麼一來，沒有海路以外的選項，於是請漢斯聯絡應該留在港口的約瑟夫。即使覺得約瑟夫不會拒絕，一時之間能否找到足夠船員還很難說。駕船是很辛苦的工作，船員上岸都是盡情飲酒作樂，只能祈禱約瑟夫的手下都懂得節制。

而我們要趁這段時間趕去通知夏瓏。

「要走嘍，大哥哥。不要被甩下去喔。」

「……只要抓著韁繩就行了嗎？」

大城人多，不能騎變成狼的繆里橫越城區，於是我們跟漢斯借了匹馬。覺得害怕，不是因為我技術不足以在黑夜的街上駕馬奔馳。

而是繆里就坐在我抓韁繩的雙手之間。

「嗯。我跟牠說不聽話就吃了牠，應該只會聽我的命令。」

雖然繆里不能和森林野獸直接對話，但似乎能傳達大致上的意思。
馬被繆里抬頭瞪時的可憐哀鳴猶在耳邊。
繆里瞪過的馬，都會拚老命去跑吧。
「那走嘍！」
繆里在馬脖子上用力一拍，馬便載著我們奔入夜晚的勞茲本。
在紐希拉，現在夜晚才剛要開始吧。在這麼大的城，距離酒館打烊的時間還早得很。就連豪宅林立的地段，想騎馬吹夜風醒醒酒的有錢人也不少。
害怕狼牙的馬就這麼以驚人速度從他們的鼻尖掠過。
「繆里、繆里！太快——」
我的話在半空中飛散。一進人多的街，馬就毫不遲疑地跳過一隻在酒館晃來晃去撿殘渣的放養豬。在令人五臟發冷的飄浮感後，是一陣重重的衝擊。騎著變成狼的繆里在城裡橫衝直撞，都遠不及現在恐怖。
而且在馬背上視線高人一等，要是摔出去肯定是誰都幫不了我。馬蹄踩踏鋪石的衝擊從屁股直衝腦門，讓人想保持姿勢都是奢望。我只能死命緊握轠繩，盡可能抓著馬不讓自己掉下去。
馬完全不理會我亂七八糟的操繩，純粹配合繆里拍脖子扯鬃毛，以難以置信的速度飛馳。
街道沒白天那麼擁擠，但還是有不少醉漢跟行人，每次閃躲他們就甩得我腦汁都好像要從耳朵擠出來。從嚇軟腿的人身上跳過去時，我還向神祈禱了。

驚驚慌慌地突然間，我被人從背後推了一把似的一鼻子栽進繆里的後腦杓。

「嗯?大哥哥你還發呆，趕快下去啦。」

「～～……」

幸好鼻子沒事，只是抓韁繩的手緊張得僵掉，直到繆里又催才總算能下馬。

馬停在徵稅員公會會館前，堂皇的門口旁燒了篝火，照著牆上朝向街道的國徽旗。

但這些徵稅員，就要被國家捨棄了。

「希望……夏瓏小姐在這。」

我用力敲打一落地就差點軟掉的腳才總算站定。不先去有克拉克應該會在的孤兒院，是因為這邊離港口近，若夏瓏不在就直接去找約瑟夫。

「好像在喔。有海鳥在看我們，然後鑽進窗縫裡了。」

這裡不用看門狗，而是看門鳥啊。

「那就進去吧。」

才剛說完，頭上的窗戶就開了。

「臭雞!」

繆里無視周圍目光大叫，從窗口探出頭的夏瓏默默縮回去關上窗。我戳戳繆里的腦袋後不久，門開了。
「什麼事？」
夏瓏右手抓著一把帶鞘的劍出現。應該不是繆里叫她雞而來砍她，而是從神情察覺可能需要劍吧。
該怎麼開口的想法只有一瞬之間。
「國王派兵過來了。」
這只有兩個可能原因。
一個是王國與教會開戰了，而另一個——
「要來抓徵稅員。」
夏瓏的眼睜大又閉上，表情繃得彷彿會嘎吱作響，不久恢復平淡。
「國王要把你們當作壞人。」
「只和教會開戰不需要這樣，主要是害怕第二王子作亂吧。」
她立刻就導出這樣的結論。從整個狀況關係圖來看，夏瓏等徵稅員有受第二王子之命刻意煽動雙方對立之虞，夏瓏也有此自覺吧。
「我們受海蘭殿下之命來救你們。現在我們應該有船可以載你們走。」
船的部分只是樂觀的推測，但就算要跟漢斯借錢，我也得幫他們弄到船。

夏瓏緩緩收回投向天空的視線，對著我說：

「救我們？為什麼？」

夏瓏的問題使我退卻，不是因為我不懂她的意思，正好相反。

徵稅員自幼遭棄，經過長年努力才終於獲得徵稅權這項武器，以及和父親對話的機會。可是大教堂閉門不開，以滿是欺瞞的應對企圖敷衍。結果賜予徵稅員權力的國王親自拆了梯子，要把他們踢進地獄。

我無法想像三番兩次遭權勢翻攪的他們有多懊惱。

但我還是要這麼說。

「夏瓏小姐，快逃吧。」

「你要我扼殺自己的靈魂，像行屍走肉一樣苟活嗎？」

即使是意料中的回答，在夏瓏眼前我還是說不下去。

她眼裡不是仇恨之火。

而是對世上一切再也不抱任何希望的眼。

「我們就是這種命，嫌麻煩就被丟棄。聚集在這裡的人，連好好跟自己命運戰一場的機會都沒有。」

夏瓏背後的木窗和門都開了細縫，徵稅員們擠在縫邊向外窺視。那不是出於好奇，而是在守望他們敬重的同伴。
串連他們的不是金錢那種脆弱的東西。
「可是夏瓏小姐——」
能擠出答覆，是因為能輕易預測夏瓏接下來會怎麼說。
「不逃又能怎麼樣？就算最後一次拿起劍殺進大教堂，又能改變什麼？」
那之後就只有被王軍包圍，當暴徒逮捕，等待判刑一途。
在這個小孩偷麵包都可能被砍掉一隻手的世界裡，夏瓏他們此舉的後果再怎麼樣都不樂觀。
「什麼都不會改變。」
夏瓏說道：
「但是砍掉他們的腦袋，我們心裡會好過一點。」
就在她扭曲的笑容使我發毛時。
「哈啾！」
我往突兀的噴嚏聲看，結果被繆里推開而踉蹌。
繆里在夏瓏面前擦著鼻子說：
「想說什麼快點說啦。就算哥哥以後被後悔折磨，安慰他也是我的工作，妳不要再演那種爛戲了啦。」

繆里的話嚇了我一大跳，緊張地往夏瓏看。

有那麼一瞬間，她似乎露出了在孤兒院孩子面前也有過的柔和表情。

「徵稅員不是全部都能揮劍，我們還有孤兒。只有我們也好，如果不用劍表達我們的憤慨，我們一定會再也無法相信明天。」

「可是現在不搞假動作也能全部坐船逃走吧？約瑟夫叔叔的船又大又快喔？」

假動作一詞讓我睜大了眼。原來他們是打算假裝攻入大教堂以吸引軍隊注意，讓其他人趁機逃跑。表現出滿心怨恨的樣子，也是向我表示不可能說服她的意思。

夏瓏始終都很冷靜。

「不行的。」

冰冷的語氣中沒有一絲迷惘。

「那艘船是商船吧？就算用槳划，那種又圓又胖的船也快不到哪去。」

相對地，軍隊用的是像梭子魚一樣又直又細的船，且左右各有一大排長槳。在北方群島海域逃跑那時，也是被那種船轉眼追上，衝撞船腹。

「而且船還要載不少人。需要有人引開他們的注意，同時減少重量才行。」

夏瓏將帶鞘的劍往地上一頂。

表示堅決不退。

決心對抗大教堂時，他們就料到八成會有這一天吧。
我看著夏瓏鎮靜的臉，注意到一件事。
不是那樣。
夏瓏的表情還有另一個意思。
「夏瓏小姐。」
我不禁哀求似的喚她的名。
「請妳不要對明天放棄希望。」
察言觀色能力一流的繆里都傻住了。
因為有如盛夏豔陽的她想像不到這種事吧。
「……憑什麼。」
這回答加深了我的肯定。
夏瓏的鎮靜，不是因為可以在情急時變成鳥逃走，或是大鬧一場而就範，讓同伴見到她的慘狀，就不會再有其他人犧牲這般冷靜思考的結果。
其中就連悲壯的決心也沒有，只能感到冰冷至極的感情。
她對這世界已經不抱期待。
徹底死心，認為就算搭船逃走，也只會航向看膩了的冰冷陸地。

「就只有在這種時候聰明，真不愧是神的僕人啊。」

夏瓏揶揄地笑著聳肩。

「無論這個世界多麼殘酷，只要讓人看見有人肯拚命保護他們，就好歹能帶給他們一點希望。即使被迫前往下一塊土地，也能將希望寄託於明天活下去。只是我不曉得……那是不是真正得救。」

如此低語的夏瓏，已經太多次懷起希望又慘遭磨滅。

她的視線落在我和繆里之間。

不知不覺地，繆里握緊了我的手。

「不，應該是得救吧。」

她平靜地笑，流順地舉起劍鞘，尖端抵在我胸口。

「可以把船交給你嗎？港口不是商人就是漁夫的船，他們被徵稅員吃了很多稅，應該沒有哪個奇葩會想救我們。」

夏瓏的懇願似乎從鞘尖流入我心裡。

「那當然。而且妳——」

繆里甩開我的手走向前，打斷我說：

「我也來幫忙。憑臭雞一個能做什麼。」

繆里這匹狼雖然沒赫蘿那麼厲害，但也足以和人類士兵周旋了吧。情況不對說不定還能叼著夏瓏逃跑。

可是夏瓏搖了頭。

用力地，一搖再搖。

「這是我的故事。拜託妳，讓我在最後相信自己親手闖出了自己的路那麼一次。」

鞘尖猛一推，推得我差點跌倒。

我與夏瓏明明只有幾步距離，感覺卻是永遠走不到她身邊。

她背後，有一張張徵稅員的臉。

能真正明白他們苦處的，只有他們自己。

「船那邊就等你的好消息了。」

夏瓏說完就轉身返回會館，從窗縫露臉的徵稅員們也全都縮了回去，門板另一邊傳來夏瓏的呼喊。

我們說不定有機會用繩子把夏瓏捆起來丟到船上，但那捆不著她依然困在勞茲本大教堂的靈魂。

繆里手握拳，張開再握拳。

夏瓏不是過一天算一天的畜牲，要以自己的羽翼翱翔，以自己的爪子獵食。

我不能推翻她的決定，我也覺得這件事不能推給別人。

「繆里。」

繆里用袖子擦擦臉，轉過頭來。

「我們走吧，還有我們要做跟能做的事。」

即使無法說服夏瓏，我這神的僕人還有替別人操心這個看家本領。

我用力吸氣、吐氣。

依夏瓏之見，有約瑟夫協助也還是逃不掉。

但我還有管道能用。

「不是常有人說，就算把靈魂賣給惡魔也要怎樣嗎？」

夏瓏只拜託我這件事。

其實她還是期待那麼一絲絲的希望之光吧。

繆里睜大眼睛，用力點了頭。

再度策馬狂奔後沒多久，鐘聲在勞茲本的夜裡敲響。鐘聲不只是用來報時、開市或歡迎貴客來訪，也有警報之效。

例如火災、外敵來襲。

是議會收到國王的命令，發布緊急警報了。傳令官正在議事堂門前宣讀詔書吧。

我們的目標，是這個惶惶鐘聲不停迴盪的城中氣氛愈發詭異的一角，愈是想像往日繁華就愈感空寂的地區。

從前的公共麥倉彷彿是沉默的具象，孑然佇立在漆黑夜色中。

「約瑟夫的船或許真的像夏瓏小姐說的那樣，一下子就會被追上。」

「她坐的那種是叫槳帆船嗎？」

有伊弗的管道，臨時要找船也應該不是問題。如果要錢，伊弗也有無限的資金。

「可是她會答應嗎？」

我答不了繆里這個輕聲的疑問。

只能奔上石階，用力敲門。

「伊弗小姐！是我！托特·寇爾！」

伊弗或許會在熱鬧的酒館應酬，不過她這個人不會讓自己的巢穴無人看守。

果不其然，窺視窗射出一雙銳利的目光。

「什麼事？」

「會嚴重影響伊弗小姐生意的事。」

這樣講肯定比其他說法有效多了，護衛略顯驚訝，要我稍等就退到裡頭去。儘管實際上沒過多少時間，我還是等不及而抬起了手，但鎖就在我敲下去之前開了。

「進來。」

「謝謝。」

倉庫裡很暗，一片死寂。

走廊連燭台都沒有，讓我懷疑伊弗究竟在不在。然而走廊的風和白天來時一樣強，表示窗戶敞開。

說也奇怪，在外頭都沒有吹風的感覺，怎麼裡面風這麼強……想著想著，人已經到了四樓那間房。

伊弗在陽台上，桌上擺著蠟燭和菜餚。

大概是一面欣賞港都夜景，一面和舉傘少女享用燭光晚餐吧。

「怎麼啦，期限不是還早嗎？」

說完，伊弗將橄欖籽吐出陽台外。

「伊弗小姐，您的生意和我們的希望全都成為空談了。」

慵懶地坐在大椅子上的伊弗頗感興趣似的坐正。

「什麼意思？」

「國王出兵了。今晚就會包圍整座城，逮捕徵稅員。」

騎士可能是為了給我點希望才把時間延到黎明。即使不是這樣，羅倫斯也說過沒有時間是商人促銷的常用伎倆。

「海蘭殿下她……要去向國王報告你們的計畫和夏瓏小姐他們的動機時，路上遇到了國王的傳令官，所以我就來了。這鐘聲並不是火災警報。」

伊弗注視我一會兒後移開視線。

「……不只是想避免和教會開戰吧，主要是害怕那個搞事王子趁機造反，沉不住氣了。」

桌上晃盪的蜜蠟柔光，照得伊弗眼中金光閃爍。

「這國家的王每一任都很不可靠，不愧是羊的國家。」

伊弗埋怨一聲，將餐巾揉成一團，扔到桌上。

見到她不高興的樣子，舉傘少女將葡萄酒甕抱在胸前，很緊張的樣子。

「宴會結束了。國王一旦下了決定，就不會輕易更改。商人接近這樣的國王準沒好事。」

國王甚至能隨喜好制定人人所必須遵從的法律，就算是伊弗也無法招架吧。

「伊弗小姐，我有件事要拜託妳。」

我對望著夜海尋思的伊弗說。

「也對，我也不認為你跑來這裡是純粹好心。」

伊弗不懷好意的笑容令人害怕，可是為了解救夏瓏他們，現在我不能被她壓倒。

「能請您備船嗎？」

伊弗面向大海，只有眼睛轉過來。

眼神冰冷得像給奴隸定價的人口販子。

「不直接求我救那些徵稅員嗎？」

「我好歹也跟著羅倫斯先生做了幾年的事。」

伊弗輕笑道：

「呵呵，也對。乞求的態度，只有在地位比人高的時候才有用。這樣開口算是及格了吧。」

「我這邊的船不夠快。」

伊弗閉上嘴，哼了一聲。

「伊弗小姐，拜託您了。」

我向前一步問：

「要怎樣的代價才請得動您？」

備船這種事，不用問也知道她一定辦得到。

重點在於能否讓伊弗認為有利可圖而已。

「你有簽賣身契的決心嗎？」

繆里搶在我之前反問：

「如果說代價可能是妳的命呢？」

將我沒想過的東西擺到天平上的繆里，讓伊弗驚喜地笑。

「咯咯咯，那隻陰沉的老狼以前也是這種感覺嘛。」

世界雖廣，會用老狼稱呼赫蘿的人也只有伊弗吧。

「這把交易還不錯，但是還缺一把勁。如果要表現妳的認真，妳應該一個人來，這樣我就會認真考慮了吧。」

兩個護衛一起上，恐怕也難以阻止變成狼的繆里。可是動用武力來說服伊弗這種事也得看情況，現在還不至於。

經過冷靜計算，伊弗優雅微笑地說：

「想賺黑錢的人，做起黑心事自然是不痛不癢。然而你的行動是出於正義感，那麼手段就很有限了。」

伊弗彷彿在可憐我似的這麼說，並短短補一句：

「救那些徵稅員，對我一點好處也沒有。」

船不能免費出借，有風險就得花更多的錢。

徵稅員應該是沒有那種財產。

那我只能這麼說了。

「讓我替妳工作的話，應該很快就能賺回來了吧？」

黎明樞機這稱號還有利用價值才對。

若這樣能拯救夏瓏等徵稅員的性命和未來，幹點醜事也無所謂。

「看來你是有點決心，不過你的表情像是認定我不會要你做骯髒事呢。」

伊弗愉快地微笑，散發難以言喻的美和恐怖。

「不好嗎？」

「很好啊。不先徹底了解對手就往池子裡跳是件愚蠢的事，不過呢，你的看法大致正確。」

「難說喔。」

繆里酸溜溜地說，伊弗聳肩回答：

「想讓他這個工具發揮最大效率，就要拿正義來餵養他嘛。不是嗎？」

繆里收起下巴，往我瞄一眼。那是儘管不甘，但說得沒錯的臉。

「一般人心裡的善與惡比例相當，所以不會太好也不會太壞。大教堂那些人就是很好的例子吧？」

伊弗說到這裡站起來，輕伸懶腰。

像個優雅的貴族，由衷欣賞美景般望著夜晚的港口。

「可是你的信仰卻是難以置信地堅定——喔不，我甚至不認為那是信仰，而是你自己的個性。可以說是嫉惡如仇，認為這個世界應該充滿正義吧。」

「那是在誇我嗎？」

「當然。」

伊弗從桌上捏一片香腸塞進嘴裡。

「宗教也好正義感也好，只要把你的信仰丟進爐裡燒，連鐵都熔得掉。你應該就是靠著這種個性，把阿蒂夫到這裡一路上所有扭曲的東西打直的吧。」

「那麼，船這種東西應該很便宜吧？」

這時，伊弗轉過身來搖了頭。表情不是冷酷，不是戲弄，也不是聽見年輕人提出愚蠢交易而唏噓。

是非常悲傷地搖著頭。

「沒那種事。」

「為什麼！」

能否拯救徵稅員，可說是全繫在伊弗身上。

夏瓏已經不期待明天，想犧牲自己好讓別人能有點希望。我就是接下了這樣的託付。

舉傘少女見我逼向伊弗，開口想呼救。

但伊弗制止了她，並說：

「用你這樣的人物作買賣，賺點小錢是不難，但恐怕不足以支付用船載徵稅員逃離國王追兵的代價。」

「可是──」

「再說，海蘭殿下不是正替你趕去向國王報訊嗎？這樣他們就會知道是我協助潛逃了吧？現在的我，不過是自私自利，利用大教堂計策的可疑守財奴。但如果縱放國王要抓的獵物，就擺明是造反。未來十年……不，除非下一任國王忘了這件事，不然我是再也不能在這個國家經商。」

伊弗用微笑安撫舉傘少女再往我看。

「而且我是商人，靠觀察天平往哪偏，從中找尋利益吃飯，所以我不能相信你。」

不能相信我。這句話哽住了我的呼吸。無論用什麼樣的話罵我，我都能接受，但這樣說我就不對了。

「呵呵，真想把你這張臉裱起來，取名叫『錯愕的表情』呢。」

伊弗笑得我臉頰發燙。

阻止她的，是繆里。

「大哥哥，是我的關係啦。」

我轉過頭，心裡亂上加亂。

「咦？」

「她不能相信你是我的關係，對吧。」

聽繆里這麼說，伊弗沒什麼反應。

表情像是望著位在遠方，無法得手的閃耀之物。

「對，妳答對了。我無法成為你最重視的人，所以不能相信你。」

伊弗應該比我年長一輪，不，將近兩輪。或許是才華洋溢的關係，都這個年紀了但一點也不見色衰，甚至比我兒時邂逅她那年更有活力。

而這樣的伊弗，卻露出了老嫗似的哀愁笑容。

不認為她在演戲，是因為我覺得她也沒注意到自己是這種表情。

「如果你願意把這個小丫頭送回那團泉煙裡面去，我就相信你。」

伊弗話裡不見任何惡意。說得像「只要明天的太陽依然從東邊升起」這種沒意義的誓言一樣理所當然。

「只要你把這丫頭送回山裡，在我身邊服侍我，食衣住行都聽我的，對我宣誓忠誠，我就考慮看看。」

我想她多半是不小心透露心聲，想遮羞才補上這句話。

「可是你做不到吧？而且你和這丫頭的感情，並不會被距離沖淡。當你遭遇生命危險，會想到的不是你我的契約，肯定是這個丫頭。而為了生還，你什麼都願意做，甚至背棄你的神。」

這情境太容易想像，使我回不了嘴。

「我可不能把這種人留在身邊，愈有用愈不能。有用的人，很快就能獲得成功，快速累積賭本。到了某天遇到巨大的轉捩點，你就會棄我而去，選擇跟她走。」

伊弗輕輕聳肩。

「而我會同時失去比性命更重要的金錢，還有你。」

舉傘少女默默站到自嘲的伊弗身邊。

伊弗往她看一眼，溫柔地笑。

活在我背叛你，你背叛我的環境中，成天苦惱如何不因今日交易賠光昨日鉅富而身形憔悴的人，才會有這樣的思考方式。

不過，那其中也有過來人才會有的說服力。

「所以不行，我不能幫你。」

伊弗劈下理論的砍刀，閉上布幕。

「徵稅員已經沒救了，有的人就是逃不過那樣的命運，沒什麼大不了的。我都覺得自己能翻身爬到這個地位是奇蹟了呢。」

我知道伊弗不是落井下石，而是她安慰人的方式，表情更是揪結。

「你就盡量苦惱、呻吟、向神祈禱吧。到時你身邊還有一個為你犧牲奉獻的丫頭在，不就是一個現成的聖人傳奇嗎。你黎明樞機這個稱號的價值會更高啊，托特．寇爾。」

聽她叫我的名字，我抬起頭來。

見到的是我兒時所邂逅，對我照顧得無微不至的伊弗。

「你是懷抱夢想離開旅館的，那你的夢想又是為了什麼，不是為了沉浸在安逸裡吧？」

那是和羅倫斯、赫蘿和繆里都不同激勵方式。伊弗不是恨我，也不是想害我，就只是保持中立而已。

「好，話說完了。你就儘管在你搆得到得範圍內掙扎吧。」

我無言以對。夏瓏的希望，有手段拯救徵稅員的人就在眼前，我卻碰不到她。

這使我想起跌落漆黑汪洋時，抬頭見到船緣好高好高那種無論如何都無法搆到的感覺，又回來了。

若說哪裡有救贖，就只有不怕與我共沉海底的繆里在我身邊吧。

「既然你都帶了最新快訊給我，我也該開始工作了。失陪了。」

策劃詭計的伊弗要開溜了嗎，我當然是無法責怪她。伊弗和徵稅員之間一點關係也沒有，遇上麻煩的她，立場還比較接近他們呢。見到她對舉傘少女使個眼色並結伴離去，我實在一點辦法也沒有。

即使她就此逃離這座城，我也怨不了她。

咦？

我不禁暗自低語。

伊弗沒說要逃，而是說開始工作。

這讓我想到伊弗提過的第二契約。亞戈等人所屬商行的總部高層請她協助陷害他們，以清理門戶的事。

但是在這個狀況下，她還要去大教堂嗎？於是我不禁說：

「伊弗小姐，現在去大教堂很危險。夏瓏小姐他們應該都帶武器衝了過去，國王的傳令官也讓議會調動兵馬——」

我說到這裡就說不下去了。

伊弗向我看來的那張臉嚇退了我。

「伊弗、小姐？」

「！」

伊弗倒抽一口氣，赫然回神。

隨後別開了臉。原先顯露的，是張犯了大錯的側臉。

那是怎麼回事？為什麼會有那種表情？

她這個人應該沒幼稚到會為我少根筋的多餘提醒發脾氣。
一定有其原因。
為什麼？事到如今，伊弗還有什麼工作要做？
而且那必定是不能讓我知道的事。
「別用那種眼神看我嘛，寇爾。」
伊弗尷尬地笑。
但我可不是會被那種笑容矇騙的蠢羊。
既然這個工作不能讓我知道，應該與告發亞戈他們無關。我已經知道這件事，而且在王國決定避戰的此時此刻，我不認為告發亞戈他們對我們會有損害。
那麼伊弗還會有什麼企圖？
我注視伊弗的眼，腦中浮現三頭牛犄角相抵的狀況。既然從徵稅員身上找不到利益，對伊弗而言有利用價值的就只剩一個了。
那就是大教堂。
「寇爾。」
伊弗煩躁地再次呼喚我，我嚇得猛然轉頭，見到陽台外在港口零星燈火照耀下的陰暗海面。
她背叛大主教們擠出的扭曲父慈，也背叛了她聯合來背叛教會的亞戈等人，簡直是無底的黑暗深淵。

那麼，還有一層計畫也是應該的吧？為這種時候準備計策，再當然不過吧？而且還是與大教堂有關。

可是我沒想到伊弗在這個狀況下還想大搖大擺地前往大教堂。大教堂周邊已經亂成一團也不奇怪，況且海蘭要向國王報告這座城的陰謀漩渦，主謀伊弗還在這種時候出外走動，只會引來不必要的懷疑。

還是正好相反，她要向大主教他們尋求庇護？

感覺很接近，但是不太對。伊弗會這樣做這種近似投降的事嗎？

不對，伊弗這個人肯定會向大主教他們賣人情，然後想出一套對自己也有利的計畫……想到這裡，我注意到一件事。

「妳想拿大主教他們當盾牌嗎？」

伊弗表情沒有變化，真的是連眉毛都不挑一下。

然而，那種商人經過訓練的撲克臉是為了不讓人看出情緒的反射行為，反而讓她露出馬腳。

我猜對了。

伊弗也想逃離這座城，可是條件和徵稅員他們差不多。

唯一能確實逃離的方法，就是利用大教堂裡的大主教這群國王不得不顧忌的人。而且我想，她八成不是要直接求助，而是包裝成要拯救大主教他們免於徵稅員的騷擾，賣人情給教會。

所以才會不小心說成工作吧。

不過這其中還有個疑問。

伊弗要怎麼帶大主教他們離開大教堂？

可能是心思都寫在了臉上，伊弗笑了起來。

「改天我再寫信給你。」

贏家的從容。

天有不測風雲，他們隨時都會做好周全準備。

帶大主教他們離開大教堂這種事，從海蘭借的房子來推想，其實也不是難事。畢竟大教堂位在城市中心，且歷史應該比那棟屋子更加悠久——

「啊！」

兩件事如閃電般串在一起。

而伊弗先一步行動了。

拜從前羅倫斯說過伊弗這人多麼凶悍所賜，我及時扭腰躲過了伊弗的手。

但也因此失去平衡，一屁股跌在地上。她趁機跨坐上來，揪起領口再壓下全部體重，把我的頭撞在地上，動作流暢得讓我在衝擊中都覺得佩服。總算是沒閉上的眼中，見到伊弗摸索腰際的

匕首。

我也不打算客氣。

「繆里！」

野獸咆哮。

一團銀色從上掠過，伊弗還來不及拔出匕首就被仰身按在陽台地板，身上是銀色的野獸。

「咳咳……咳咳！」

我重整呼吸，鎮靜撞頭的暈眩，並提防著舉傘少女的動作。而少女就只是淚汪汪地看著伊弗，沒有取武器的動作。

「進倉庫的時候……咳咳，我就覺得很奇怪。」

接著坐起來，往聽見吵鬧聲而進房的護衛看去。

見到主人被銀色的狼壓在陽台上，就連他們也顯得惶恐。

「今天晚上風平浪靜，倉庫裡居然有這麼強的風。」

『嗚嚕嚕嚕嚕……』

繆里恫嚇護衛之餘，往我瞄一眼。

大概她也沒注意到吧。

「在這地區，這是個歷史悠久的建築物，而且還會有大型船隻停在旁邊。也就是說——」

伊弗的手即使被繆里的腳壓得動彈不得，也依然緊握匕首不放。對那份固執稍感佩服的同時，繼續說：

「這裡應該有地下通道吧？」

且通往大教堂。

拿如此偏僻的地方作據點，或許是出於伊弗的美學，但伊弗的美學就是賺錢。

「伊弗小姐。」

她在這聲呼喚後往握匕首的手使力，隨後放鬆。

喀啷一聲乾響後，伊弗說：

「你們都下去。」

護衛對這命令有些抵抗，但也只是一瞬間。

因為繆里露牙低吼了。儘管沒有賢狼繆里那麼巨大，他們也能一眼看出這角色在森林遇上了只有求饒的份。

「……高高在上地說你思慮不周，結果自己也弄成這副德性。」

伊弗嘆道：

「我是輸在說溜『工作』了吧。」

「被妳的詭計捉弄了那麼多次，我當然也知道要注意一點。」

伊弗笑了起來，繆里要她別笑似的用力並低吼。
「繆里。」
我的制止讓她尾巴左右大擺，不平地看過來。
「能請你饒我一條命嗎？」
伊弗一點哀求的樣子也沒有，但好歹知道繆里是很想咬死她吧。
「那要看您怎麼回答。」
「……」
難以置信地，伊弗沉默了。
在這種狀況下還沒有直接答應，令人敬佩，也有點高興。
「你要我做什麼？」
語氣像是要求太過分，她寧願咬舌自盡。
「夏瓏小姐他們想攻進大教堂，那麼妳有辦法救他們吧？」
即使被繆里壓成大字，伊弗還是露出極為厭惡的臉。
「……我是不這麼認為，可是說不的話，恐怕會被她吞進肚子裡。」
我站起來，摸著低吼著的繆里後頸，俯視伊弗說：
「就算妳不情願，現在也只有這條路了。妳要打開大教堂的門，讓夏瓏他們進去並帶到這裡來，用妳準備的船送他們走。只要大教堂的聖職人員願意配合，國王也不能出手，不是嗎？」

「理論上是。」

伊弗嘆口氣說：

「直接做就知道了。至少我和你肯定會得救，而我有露臉，就表示履行了和他們的承諾。」

伊弗若無其事地背叛大主教他們的同時，也與他們結下會在緊急時出手搭救的契約。她沒有站在任何一方，全都是為了黃金。

「那就請您帶路吧。繆里。」

繆里轉過頭來，威嚇似的在伊弗胸口踩一下才放開前腳。

「繆里，能請妳把克拉克先生跟孩子們帶過來嗎？」

不知發生什麼事的他們，在孤兒院應該都被敲響的警鐘嚇得發抖。在這種狀況下，繆里還像個愛撒嬌的狗用脖子蹭我，要我摸她。我摸摸她蓬鬆又硬質的奇妙毛髮，她勉強接受般用鼻子噴口氣後說：

『所謂有備無患嘛。大哥哥，你寫個信吧，我叫狗送過去。』

每當路上看到野狗，繆里就會威嚇一下。這是伊蕾妮雅教她的，在有需要的時候，可以請鎮上的動物幫手。

「伊弗小姐。」

「知道了知道了。喂，都聽見了吧。」

伊弗認栽了似的對護衛說。護衛都不敢相信狼會說話，嚇得直發抖，連忙從櫃子取出紙筆墨，擺在地上。

「我要把其他想救的人找來這裡，可以吧？」

聽我這麼問，伊弗沒好氣地別開頭。

「真是的，都是些沒錢賺的事。」

並盤腿坐下發牢騷。

祕密通道位在從前為大量儲藏麥穀而半地下化的一樓，堆滿雜物的深處有一面磚頭堆成的假牆之後。

風勢隨接近而明顯增強，吹得磚牆縫隙咻咻作響。

『吼嚕嚕嚕……』

繆里慢慢接近，前腳一蹬就踢散磚牆，咬住現於牆後的鐵柵門上的鎖。

「喂，我有鑰匙啦。」

繆里沒管伊弗的制止，將鎖像糖雕一樣咬碎。

「……那是用好鐵打造的耶……」

那不是讚嘆她竟然咬得壞，而是為昂貴的鎖惋惜吧。

「伊弗小姐，請你們先走。」

「……我也沒有這麼不要命好不好，才不會偷襲你們呢。」

「天曉得。」

伊弗嘆口氣，對護衛使個眼色，帶頭走進地下通道。舉傘少女和大漢留下來，等克拉克他們來時替他們帶路。

伊弗這邊有繆里看著，不會亂來。

「簡直跟犯人一樣。這樣可以了嗎？」

我點點頭，要她前進。

地下通道空氣濕冷，但似乎常有人走動，打掃得很乾淨。隨處牆上的燭台，也沾著融化沒多久的蠟。通道高度很足，挺直腰走也不怕頭撞到東西，說不定在古代戰事中真的是聯絡通道。

一片沉默中，我邊走邊思考伊弗說過的話。

由內打開大教堂的門庇護夏瓏他們，從地下通道送其他徵稅員逃跑，而國王那邊不敢冒然攻擊有聖職人員在的船。

聽起來很合理，也獲得了伊弗的認同，且伊弗自己本來就打算用這個方式平安逃離。

可是伊弗卻對徵稅員的加入表示否定。
在那種節骨眼，應該沒有要伎倆的餘地……不，這樣想會太大意嗎。
前方伊弗的背影沒有任何不對勁。
況且現在只能這麼做，沒時間了。
「嗯？」
伊弗突然停下，繆里也豎起耳朵。
「從位置來看，是徵稅員正要趕去大教堂吧。」
空氣略為震動。有許多人走過我們正上方。
「動作快。」
伊弗聳聳肩，繼續前進。
大概穿越了一個小教區吧，通道終點和入口一樣，是個鐵柵門。這次伊弗是默默看著繆里咬爛鐵鎖，濺著火花撕碎。
「寶庫？」
上了樓梯，用手上蠟燭一照，見到架子上擺放著許多銀杯等珠寶飾品。
「回程拿幾樣就夠當盤纏了。」
伊弗開個玩笑，使眼色要護衛開門。

「鎖在寶庫裡？」

「出入口就是入侵的管道嘛。從大教堂進來的話是從另一邊開。」

我點頭表示理解。

「好啦，你的好心會帶來怎樣的結果，只有神才知道了。」

她是因為在大教堂才故意這樣說吧。

我跟隨伊弗等人離開寶庫，走上陰涼的石造走廊。

牆上畫了聖經故事，還懸掛著教會的徽旗。

我們繼續上樓，掀開蓋板，從大教堂最富麗堂皇的禮拜堂講台後爬出來。往上方望去，能見到許多畫在廳頂上的天使對我們微笑。

「……」

我當然曉得大教堂會有多麼宏偉，但內部卻是超乎想像地空洞。

往繆里看，她尖尖的狼耳便前後左右轉動，低吼著瞪視伊弗。

「喂，少瞪我。這不是陷阱。」

空洞果然不是錯覺，沒有人的動靜。

「而且這裡不是沒人，八成都窩在抄寫室。跟我來。」

我們繼續跟隨伊弗。腳步聲迴響得很厲害，有點嚇人。

更讓人在意的，是遠方依稀傳來的地鳴般聲響。
「演員都聚到廣場上了呢。」
伊弗像是猜到一直望著大教堂正門的我在想什麼，說道：
「不過我不認為議會的兵真的會和徵稅員打起來。城裡的衛兵和徵稅員差不多，就只是住了稍微久一點的外地人而已。就算要冒點危險，也不會和徵稅員開戰吧，多半是對峙到王軍趕到為止。」
是這樣就好了。這時，我們從中殿來到側廊，進入有許多房間並列的通道。伊弗果斷地向左轉，慢慢地敲其中一扇門。
「是我，伊弗。開門嘍。」
門上有個惡魔雕像，抱著「在主前靜默」的標語。
伊弗一開門，濃濃的墨水和羊皮紙味便撲鼻而來。
「大主教，我帶了客人來找你。」
我隨伊弗進房時，繆里一起擠進門來，我晚一拍才想到那應該是在提防偷襲。
「客人……？」
接著，我看到一大團毛茸茸的白色物體蠢動起來。那是有著長長的白髮白鬚，面對抄寫台蜷縮著肥胖身軀的老邁聖職人員。

「這……真是稀客啊。」

繆里的模樣讓他很驚訝，不過見她安分坐下以後，顯得放心了點。

「這位更稀奇。他就是黎明樞機。」

大主教睜大眼睛看來。

「什麼……他就是……」

「我是托特．寇爾。」

招呼是打了，但我不曉得該作何表情才好。假如他就是大主教，那就是知道夏瓏他們的苦處卻機關算盡，不肯老實認錯也不肯私下商討，汲汲營營只為自保，該受人唾棄的墮落聖職人員。

可是這位伊弗稱作大主教的老聖職人員，和我在紐希拉溫泉常見的高階聖職人員沒有任何不同。看似有點脾氣但學識淵博，經驗老到，十分熱心於聖職，對酒肉也一樣熱愛，食慾比年輕人還要旺盛。

不是壞人。

也不是好人。

「……我是勞絲本大主教區的大主教弗萊斯．亞基涅……這個……」

亞基涅顯得很疑惑，抓著垂到肚臍的長長白鬍鬚說：

「伊弗，妳帶他來做什麼？」

「履行契約啊。不是說好出事的時候要帶你們走嗎？」

「出事……？」

「你沒聽到鐘聲嗎？王軍快包圍這座城了。」

亞基涅略顯錯愕，但也沒有立刻離開椅子。

就只是受夠了似的嘆息。

「這樣啊。那他來這裡做什麼？」

「我想救救徵稅員。」

我的插嘴招來亞涅基的視線。

「大主教，我要打開大教堂的門。」

「開門？不，慢著，等一等。王軍要包圍這裡？是什麼原因？決定和教會開戰了嗎？」

亞涅基往伊弗看，伊弗無奈嘆息。

「正好相反。王國害怕徵稅員逼你們開門會導致教會宣戰，所以國王決定把徵稅員抓起來了。」

「怎、怎麼會……！徵稅員明明是奉王權行動的啊……而且要他們和教會和解就好，根本沒這種必要吧？」

「想想是誰在給徵稅員撐腰吧。就是那個搞事王子啊。」

老主教恍然扶額。

「克里凡多王子嗎……他還沒放棄王位啊。」

「不就跟你巴著主教位子不放一樣嗎。」

兩人的對話裡，充斥著所有想得到的刺。

伊弗諷刺地笑，亞基涅就只是聳聳肩。

「……我不否認，但是……」

「你想說你有你的理由嗎？這種話我已經聽膩了。每個人都有自己的問題，你一個人留在這裡也是這個道理吧？」

其他人上哪去了？

早就逃之夭夭，只有亞基涅留下來獨攬全部責任。

「……我可是大主教，只有蒙主寵召的時候才會離開這裡。」

「對不起啊，我不是主。」

伊弗聳著肩說，並用拳敲敲一旁的書架台。

「快點收拾收拾，我已經按照契約，把船準備好了。」

「等、等等，黎明樞機閣下說的是怎麼回事？」

亞基涅說完往我看來。

大概是在擔心夏瓏他們吧。

那張怎麼看都是老好人的臉，使我無名火起。

「夏瓏小姐他們一再遭人背叛，都快要不能相信明天了。可是他們還是情願犧牲自己，拿起了劍來換取孤兒和其他同伴逃跑的機會，讓他們知道還有人願意幫助他們，帶來一點點希望。」

問夏瓏決死攻入大教堂有什麼用時，夏瓏說——

但是砍掉他們的腦袋，我們心裡會好過一點。

什麼也不會改變。那歪曲的笑容應該不是演戲，而是她真情流露。

然而一想像夏瓏在萬丈憎恨之中，發現自己面對的竟然是這樣的亞基涅時作何感受，我的心裡就全都是令人作嘔的哀傷。

如果亞基涅是眼眶發黑，滿口暴言，不擇手段只求生存的醜陋惡徒，夏瓏就能心安理得地斬下她的劍了吧。

可是，在椅子上看著我的亞基涅卻遠不如那種惡徒。大教堂原本應該是有許多聖職人員、見習生與雜工聚集的地方，如今卻顯然只剩亞基涅一個。

而且也不會有只有他良知尚存，其他都是壞人這種事。大教堂裡必定是經過無數論戰，最後以教會組織及整個王國中近乎最大的大教堂身分堅守教會立場，在信仰、良心、父母心以及對地位的執念交雜下，絞盡腦汁來處理夏瓏他們的問題。

他們有他們的理由。

從亞基涅悲痛的臉即可窺知。

儘管如此，實際上誰也沒因此得救。

但現在還來得及彌補。

「大主教大人，我要打開大教堂的門，讓夏瓏小姐他們進來，從地下通道和伊弗小姐他們一起搭船逃亡，可以吧？」

亞基涅雙唇緊繃，強嚥口水。

其實現在也沒必要徵求大主教同意，只要叫繆里盯著他，我自己去開就行了。

徵求他的同意，是希望他給出一個交代。

請他勇於面對，別再一味逃避夏瓏他們。

「大主教大人。」

當我上前，亞基涅緊閉雙眼說道：

「黎明樞機閣下，請聽我說句話。」

「說什麼？事到如今還要說什麼！」

你就這麼不想認帳嗎？就在我看不下去而大叫之後——

「你們想過逃去哪裡嗎？」

我整個人都傻了。

為這無聊的問題錯愕，也為自己沒有答案震驚。

「開門讓徵稅員進來，沒問題，走地下通道送他們上伊弗的船也沒問題，可是……」

亞基涅邊想邊說般，徬徨地摸著他白色長鬚，額頭堆起皺紋，面泛紅潮，求救似的仰望天花板說：

「可是，對……這樣逃跑，我們哪也去不了。這是步壞棋啊。」

「為什麼！」

國王不想與教會開戰，也就是不會攻擊大主教所在的船，應該到哪裡都暢通無阻才對，找到合適的地方就能下船了。

「伊弗……妳也是這麼想的吧？」

亞基涅惶恐地往伊弗看，伊弗嘆口氣對我說：

「寇爾，這是觀感的問題。」

「觀感？」

「徵稅員們是氣到抓狂，抄起武器攻打大教堂。後來門開了，人殺進去，還不曉得發生什麼奇蹟，他們帶著大主教從港口坐船溜走。旁人見到這一切，會覺得發生什麼事？」

「……」

我傻愣著動也不動。

「不管怎麼看，都是拿大主教當人質潛逃了吧？國王害怕和談無望，一定會氣急敗壞地追到天涯海角，因為他要證明王國這邊沒有瑕疵。那麼教會這邊會怎麼出招呢？」

亞基涅隨伊弗的疑問滿面愁容地說：

「教宗大人他……眼見黎明樞機閣下這一連串的成功，已經覺得不能坐視不管，積極地想要開戰，好徹底翻轉局面。這麼一來……必然會想在王國明確伸出求和的手之前點燃火種。」

假如這時候，有報告說騷擾教會已久的徵稅員和王國某大教堂的大主教同乘一艘船──

「一定會直接擊沉吧，是我就會這麼做。死人不會說話，教會把船弄沉以後，還會大言不慚地栽贓給王國。根本是現成的肥羊。」

伊弗看好戲似的說。

「而且……」

亞基涅如此補充，並過意不去地往我看。

像是在為自己無法幫助夏瓏他們道歉。

「你以為開門以後，我們能像你想的那樣平安上船嗎？」

夏瓏滿是憎恨的眼就算不全是憎恨，但也不像是演戲。

「您的人身安全，我好歹可以──」

「不是的，黎明樞機閣下。我不是這個意思。」

亞基涅終於站起，向神訴求般一身悲愴地說：

「被他們大卸八塊還算好的呢，但要是他們不願意怎麼辦？他們搞不好碰都不想碰我，還不想跟我上同一條船啊！我已經能看見他們站在我面前，用不帶憤怒甚至憐憫的眼神看著我，把我推進地下通道的樣子。然後他們會把通道堵起來，坐等王軍到來啊！」

夏瓏很冷靜，很鎮定。能坐在仇恨之火旁，靜靜地注視天平。

開了大教堂的門，夏瓏他們會見到我，而我會要他們拿大主教當盾牌上船逃跑。可是夏瓏很聰明，可能會像伊弗和亞基涅說的那樣，想到自己可能會同時遭到國王和教會的追擊，困在海上哪也不能去。

這麼一來，會發生什麼事？

並不難想像。

夏瓏會讓大主教逃走，自己留在大教堂吧。

以完成他們誘餌的任務。

「門千萬不能開啊，黎明樞機閣下。」

繆里見亞基涅動作而低吼。

但亞基涅彷彿完全沒看見繆里，不停向我走來。

「不能開門啊。只要門關著，就還有希望。開門讓徵稅員進來，就等於是製造他們攻進大教堂的鐵證，這樣國王就只能處死他們，然後拿暴徒的腦袋請教廷閉一隻眼。想救徵稅員，門就千萬不能開。這樣我還能親自替徵稅員……不，替我的兒女辯護啊！這是最後僅存的希望！」

以自保的藉口而言，也未免太合理了。

然而我都來到這了，難道要棄夏瓏他們於不顧嗎？有機會拯救他們的船，就在地下通道另一邊啊？

亞基涅要替夏瓏辯護的說詞或許不是謊言，但有沒有用沒人知道。國王需要警戒克里凡多王子作亂，有必要向全國的徵稅員昭告他的意向，以免同樣問題再度發生。

要夏瓏他們掉腦袋的理由多得是。

「那這樣……我們……」

我說不下去，連氣都吸不飽。

亞基涅看著我。

用的是分擔痛苦，同病相憐的表情。

「我怎麼也無法面對我的兒女，是因害怕那會引起戰爭。要是我跟他們談過的事洩漏出去，恐怕會有人說成大教堂被他們攻陷了。」

因此無論看起來再怎麼無恥，他也認為比引起戰爭這種更大的悲劇來得好，而想出了種種對策。

「黎明樞機閣下。」

亞基涅深深吸氣，吐氣。

「那頭狼是非人之人吧？」

我吃了一驚。

他發現繆里的事了。被他握住危險的把柄了。

亞基涅清澈的藍眼睛和善地注視我緊繃的臉說：

「果然沒錯。我就是夏瓏的父親。」

他看著繆里跪下一膝。

「那雙眼睛，是想咬死我的眼睛。」

繆里低吼著，身形低伏。那隨時想撲上去的樣子，不只是嚇唬他吧。

「你是聽了夏瓏的故事，認為我是單方面拋棄妻女的冷血負心漢吧。可是你要知道，男女之間的事是很複雜的。」

「如果你不是大主教，會更有說服力吧。」

伊弗的調侃惹來亞基涅的苦笑。

而我也懂了。沒錯，他說得對。

亞基涅和夏瓏的母親決裂，多半並不只是因為亞基涅這個聖職人員的自私，也可能有其他諸多原因。

「是啊……我聖職人員的身分確實是原因之一。剛開始明明都是為彼此著想，結果不知不覺就起了爭執，最後演變成互相叫罵的醜陋訣別。當時的我真是太幼稚、太愚蠢了。雖然現在也沒多少長進就是了……」

那不像在說謊。從繆里壓低身體，拚命以低吼搧動怒氣的樣子來看也很明顯。

夏瓏的母親或許是真的決意不再與人類有任何瓜葛。

可是，普通人夫妻都會因為種種問題感情生變了，他們當然也有這種可能。不會因為他們是聖職人員和非人之人的愛情就比別人特別，充滿奇蹟。

「黎明樞機閣下。」

亞基涅站起來，溫柔微笑著握起掛在胸前的教會徽記，慢慢鞠躬。

「你為我的女兒憤怒、悲嘆，還來到了這裡，我誠心向你道謝。」

我實在不知道該對眼前的亞基涅說些什麼才好。

甚至開始懷疑自己做的事沒有半點意義，就只是攪亂這個世界而已。

「伊弗啊，能幫我救救那些夏瓏想救的人嗎？」

「可以從你的寶庫拿點經費走嗎？」

「當然可以，就當是我拿去變賣的吧。」
「那就行。在你的船點一堆火吸引官兵注意時，我會在一旁準備漁船。他們這陣子的生活費也包在我身上。」
亞基涅點點頭說：
「孤兒院那邊應該有個好心的助理祭司在教那些孩子念書，就讓他替妳的商行工作吧，不吃虧的。」
在伊弗為這話苦笑時。
房外，走廊另一邊傳來吵雜人聲。
『大哥哥。』
可能是覺得沒必要隱藏身分了，繆里出聲叫我。
「克拉克他們來了嗎？」
繆里點頭後，我轉身來到走廊，正好與從主殿走入側廊的克拉克對上眼。
「樞機閣下！」
「克拉克先生！」
克拉克接著轉身，像在安撫些什麼。
隨後，一群人影不聽他的制止衝上前來。

是一群手拿棍棒鍋盆的孩子。

「有種跟我們打！」

「喂！搞錯了！他不是壞人！」

克拉克繼續努力安撫血氣正盛的孩子們。看到他們，我放心得都快腿軟了。

「對不起，我有要他們留在公共麥倉……可是他們無論如何都想跟。」

「沒關係。」

「話說回來……現在是怎麼一回事？夏瓏他們呢？」

我的腦袋像一片死水，完全不知道該怎麼解釋現況。

而且，只留給夏瓏他們微小到不能再微小的希望，要克拉克幾個先逃，這種話我實在說不出口。

「這……」

「你是克拉克吧。」

背後傳來亞基涅的聲音。

「大主教大人！」

「如果你是為了夏瓏好，就聽從我們的指示，什麼也不要多問，好嗎？我們要讓你們平安逃出城，並且為你們找一個容身之地。」

突如其來的宣告，讓克拉克半張著嘴愣住。
「他們都是你孤兒院的孩子吧。」
亞基涅對想保護克拉克的孩子們慈祥微笑，但孩子們都用充滿敵意的眼神看著他。
但他一點也不介意，微笑著說：
「這位伊弗會替你們處理當前的生活費，不過未來會怎樣還很難說，所以我要給你一份許可證。」
克拉克像是終於嚥下哽在喉嚨裡的刺，喉結上下挪動後說：
「大主教大人請先等等，這到底是怎麼回事……而且我只是個小小的助理祭司，權狀這種東西——」
「你不再是助理祭司了。」
亞基涅戲謔地說，並授與聖禮般伸出了手。
「我以勞茲本大主教區大主教弗萊斯·亞基涅之名，命你在神之庇護與奇蹟之下，擔任新修道院院長。」
「……咦？」
「我要給你建設修道院的許可證，你就在那裡經營孤兒院吧，教會應該不會找修道院的麻煩才對。資金方面，相信伊弗會捐很多錢給你。」

倚牆抱胸的伊弗不太情願地皺起了眉。

「如果你保證把這群小鬼全都教成會讀書寫字的人，我就替你出錢。」

亞基涅不是只會閉門苦思，也是通事理的人。

「來，快準備好。雖不像聖經那樣分開大海逃離苦難，從大地底下逃跑也差不多吧。」

亞基涅倍加開朗地說，還拍手吆喝。

「還發什麼呆，神也說過做事要合時宜啊。正確的事，如果不在正確的時候和地點做，也有可能變成壞事。」

此刻，克拉克他們還能得救。

克拉克被大主教壓倒似的點點頭，即使慌張也仍對孩子們下指示。

「黎明樞機閣下，你怎麼辦。」

我不知怎麼回答亞基涅。

「我自己是想向國王或哪個誰說情，請他放留在城裡的夏瓏他們一條生路。我記得你有個王族作後盾是吧？」

「是海蘭。雖然是庶出，實力還算不錯，在國內有不少友軍。」

聽了伊弗的解釋，亞基涅放心地微笑。

「這樣啊，那就好。希望她盡量把我說得壞一點，把夏瓏他們塑造成萬不得已才動武。我也會全部承認，照她的說法向教宗報告。」

非這麼做不可。

就在我放棄掙扎，要緩緩點頭時——

「夏瓏不跟我們一起逃嗎？」

克拉克開口了。

「夏瓏他們要留在城裡？……可是他們不就在外面而已嗎！」

克拉克擱下看傻了的孩子，跑了過來。

「克拉克，那是——」

「大主教大人！您這是在想什麼！請您快開門啊！現在還能救夏瓏他們——」

他激動得揪起亞基涅的衣領，伊弗的護衛衝上前去要分開他們，雙方扭成一團。

我前不久也做過的對話，只能看著吼叫的克拉克，在心裡反駁他的想法。

我已經被他們說服，點頭同意了。

可是克拉克愛著夏瓏，他應該是滿懷著希望跑過地下通道的。

結果才隔一扇門，希望卻變成要活活拆散他們的絕望，教人情何以堪。

我是不是不該找克拉克來？

這麼想時，一團硬毛碰上我低垂的手。

『……』

繆里用她的紅眼睛看著我。

旭日東升，河水奔流，山岳不動如斯。

那雙平靜沉默的眼睛對我如此訴說。

「大主教大人！」

這一喊之後，克拉克在走廊中間癱了下來。

我是可以自以為是地對他說這才是正確的選擇。

不過人不是能只靠道理過活的生物。倘若道理就是一切，這種情況根本就不會發生，且人沒有那麼理智。

我回想起讓鳥形的夏瓏站在肩上，如貴族般走在街上的情境。

人們立刻以為我身分高貴，唯恐不及地讓路。

人世就是這種事堆積出來的。而亞戈也說過，大教堂會如此巨大豪華，也是源自人類這樣的性質。

做正確的事，就能常保正確？

這是不可能的事。

既然人不完美，人世自然不會完美。

總會有人被夾在這種扭曲的石磨之間，慘遭粉碎。

亞基涅繼續說服哭癱了的克拉克，伊弗指示護衛為逃跑作準備。

繆里在我身邊，要扶持我到最後一刻。

這也是一種結果。

不願接受，或許是任性所致。

「來，站起來。以後你就是修道院院長了，不堅強一點怎麼帶領信徒。」

在亞基涅的催促下，克拉克無力地站起。

「再、再讓我……看夏瓏最後一眼……」

亞基涅聽了緩慢但堅決地搖頭。

「不可以。開了這扇門，就等於開啟戰爭。就算我向官兵堅稱事情不是他們想的那樣，他們會相信我嗎？徵稅員是手拿武器聚集在門口，怎麼看都是要攻進來的意思。儘管悲哀，但壞人做出祈禱的樣子，在不知情的人眼裡看起來就像是虔誠的信徒，反之亦然。」

克拉克閉上眼，頭重重垂下。

「況且我們有黎明樞機閣下，我相信夏瓏他們一定會得救。」

不管怎麼想，我都無法給予明確答覆。

但是除了這麼告訴他，我還能怎麼做呢？

「交給我吧。」

亞基涅似乎是因為看透我無法說謊還要我這麼說，疲憊的笑容夾著些許歉意。

我能為夏瓏他們說多少謊？亞基涅是罪魁禍首，夏瓏他們來到大教堂迫於無奈這種話，我能堅稱多久？

即使明知想救夏瓏他們非這麼做不可，我還在為說謊是否正確而迷惘。

一旦贊同，也就等於認同教會組織漠視惡習也有一定的正當性。

更重要的是，說了謊也不一定能救夏瓏他們。

這讓我覺得很可笑。

人們老是將大義、觀感放在真正的想法之前，不敢告訴別人。這樣的鬱悶，讓我開始怨恨神所造的這個世界是多麼地殘缺又可笑。

「走吧。這是一條布滿荊棘的道路，但也是神給我們的考驗。」

亞基涅為克拉克他們指引了一條明路，算是唯一的寬慰。

至少他們應該能平安逃脫，也不必為往後的生活發愁，還能協助藏匿搭船逃走的其他徵稅員。修道院就像繆里那番夢話般的期許那樣，可說是某種聖地，不能隨意侵犯。

但也因此，有時會做出蠻橫至極的事。我小時候跟羅倫斯旅行時，就遇過那樣的修道院。

我相信克拉克能建立更好的修道院。

看著他與亞基涅同行的背影，我只能祈禱。
若能將教會認可的修道院作孤兒院之用，應該也了了夏瓏一樁心事。
克拉克說夏瓏是裝作不知道大教堂會捐錢給孤兒院，所以她心裡某個角落也認為大主教他們是正式認同了那所孤兒院吧。
我試著想像聚集在大教堂前的徵稅員。
不知夏瓏是怎樣的表情。
會是為鼓舞同伴與發揮誘餌功效，對議會的士兵咒罵、丟石、揮劍嗎。
就算是，他們懷著的也不是恨，而是祈望，就快結出某種果實的祈望。克拉克能和孩子從地下通道跟其他徵稅員會合，平安脫逃吧。從門外看來，就像是神聽見了夏瓏的祈禱一樣。
真是可笑。
「寇爾，我們也該走了。有人看見我們就麻煩了。」
我對伊弗點點頭，像個罪人慢慢挪步。
來到主殿後，我仰望講台後方由彩鑲玻璃構成的神。
背後碰碰碰的聲音，就是徵稅員敲打大教堂門板的聲音吧。那是以鐵板補強的厚實木門，不拿攻城鎚來沒那麼容易敲開。
那樣敲門，是為了吸引所有注意力。

不能白費他們的好意。

『大哥哥。』

伊弗走進地下通道後，繆里呼喚我。

敲門聲再度響起。

我拚命忽視那聲音，走向講台後的密門。

「別想太多。」

伊弗溫柔地拍我的肩，反而讓我更難受。

想開門和有何後果的想法交纏不清。

勉強雙腿走下祕密階梯時，亞基涅在地下通道將手裡的東西交給克拉克。

「這張許可證上面是前前任大主教的名字，萬一我被逐出教會，也不會因此失效。儘管放心吧。」

「……感謝大人。」

克拉克如收受聖禮的信徒般下跪，接下羊皮紙卷。

那是建設修道院的許可證。

原本夏瓏也該在此見證的。

應該在和解與祝福的鐘聲中授與的。

想像那個畫面，心裡就無可奈何地亂成一團。

「我們走吧。」

亞基涅催促克拉克。

通往寶庫的門開著。

一切都朝向一個結局流動。

然而我杵在原地，怎麼也無法接受繼續前進，是因為——

「寇爾。」

伊弗用不耐又動怒的聲音叫我。

繆里也咬著我的衣袖，粗魯地拉。

亞基涅滿懷歉意地看著我。

只有我與他們不同。

但這是有原因的。

「請先等一下。」

聽我這麼說，伊弗無語望天，亞基涅睜大眼睛，克拉克表情疑惑。

『吼嚕嚕嚕……』

繆里也低吼起來，拉得袖子都要撕破了。

站定雙腳制止她，是因為我有一定的把握。

「寇爾閣下，我了解你的痛苦。」

「不是的，不是那樣。」

「不是那樣？」

我搖搖頭，閉眼想像。從天空鳥瞰大教堂那樣，想像。

現在，夏瓏等徵稅員生了根一樣盤據在大教堂前，周圍應該有一大批議會的兵馬，手拿長槍試圖牽制。更外側，王軍正從遠處朝城牆前進。

不管怎麼想，這一切狀況都是所有人在不情願下行動的結果，都是因為名義這個觀感問題。

國王為了表示徵稅員是惡人，夏瓏他們為了表示自己才是該抓的人，議會的兵馬為了表示服從王命。

那我呢？

我真的應該配合他們演戲嗎？

不，不應該。

這裡面沒有任何理想，不過是更為膚淺，形而下的可笑鬧劇罷了。

而既然是觀感可以解決的問題，應該還有其他解法才對。

換言之——

「這場戲，就不能從別的角度看嗎？」
所有人都皺起了眉。
「你到底在說什麼……」
「別的角度？」
『……』
比我更了解社會構造的人們，全都不敢置信地看著我。
只有克拉克的眼裡有點期待，不過那只是因為他仍想救心愛的夏瓏，不是期待我的能力。
儘管如此，一度萌發的想法沒那麼容易消滅。
「修道院。」
這句話讓伊弗、亞基涅和繆里面面相覷。
「就是修道院啊，那張許可證啊。」
所有人的視線隨我的手指聚向克拉克的手。
「那不就是讓夏瓏他們來到大教堂的正當名義嗎！」
伊弗搔起了頭，眼神像是看著嚷嚷著說自己見到精靈的醉漢。
「寇爾，冷靜點。你已經不曉得自己——」
「喔喔喔喔喔喔喔！」

這聲狂呼，是來自亞基涅。

「神啊！神啊！太好了！神啊，這是祢指引的路吧！」

亞基涅仰天高喊，搖晃著肥胖的身軀跑過來，連警戒的繆里都來不及攔阻就撲上了我。

那雖然也可稱為擁抱，但實際上根本是衝撞。

「神啊！感謝祢的恩賜！感謝祢派來這麼一個聰明的年輕人啊！」

經過幾乎要把我抬起來的擁抱後，亞基涅轉身說：

「沒錯！還有這條路！開門讓夏瓏他們進來也圓得了的路！」

伊弗沒出聲地說：「怎麼可能。」而我接著解釋：

「就只有這種場面，不會讓人們認為大教堂開門是屈服於徵稅員，也不覺得徵稅員是來施暴的！」

「認真的嗎？徵稅員都是手拿武器圍在門口耶，這不是暴動是什麼？」

我深深吸氣，回答伊弗的問題。

「是請願啊。」

人做事有擅與不擅之分。像伊弗可以布下天羅地網，讓目標自己掉進口袋裡。但這個世界上，直來直往的人還是占大多數，有時還會演變成暴力衝突。

因為策動他們的情緒就是那麼地強烈。

「為孤兒修建修道院的請願。教會停止在王國的聖務已經好多年，人民等了很久，如今再也忍不下去，所以希望教會開門傾聽他們的聲音，奉神之名展現慈悲。這樣的話，態度稍微『激動一點』也無可厚非吧？」

「呃，這……」

亞基涅也對開始動搖的伊弗說：

「伊弗，這也需要妳的幫助。妳以前是王國的貴族，只要妳說作徵稅員的後盾是為了讓自己重返貴族鋪路，教廷那邊也比較容易接受。妳懂吧？」

伊弗自己也說過，她是像蝙蝠一樣立場不定的人。能替教會做事的伊弗若能將爪子深入徵稅員這群教會的眼中釘之中，也許能達到安撫的效果。

喔不，伊弗表情這麼揪結，應該是因為察覺了亞基涅要她去安撫教廷的弦外之音。

「……有錢能賺吧？」

亞基涅挺起又大又圓的肚腩，舉起雙手說：

「那是當然的啊。」

聽起來無憑無據，但亞基涅忽然對我露出強盜般的笑容。

「我們這裡可是有黎明樞機閣下啊！不管是要建修道院還是孤兒院，各方陣營都會為了尋求護祐而送來大筆捐款！」

為拯救夏瓏他們，我抱著不惜弄髒手的決心來找伊弗。

在這時候逃避，我就是虛偽小人了。

「……我的名字，好像很有影響力。」

我對伊弗怯怯地說。

伊弗的眼瞪到我都要臉紅，然後大叫：

「隨便你們啦！」

大概是習慣辯倒人，但不習慣被人辯倒吧。

亞基涅孩子似的聳聳肩，叫來傻在一旁的克拉克。

「主角是你喔，克拉克。」

「我、我嗎？」

「你不是喜歡夏瓏嗎？我就把女兒交給你了。」

克拉克看亞基涅的眼睛瞪得比魚還圓。

「可是收場需要一點表演，要演到外面那些人完全說不出話來，你們有想法嗎？」

亞基涅話中有話地向我看。

他曾經愛上翅膀大到能覆蓋森林的黃金鷲。在登上大主教寶座的路上，也許利用這點「演出」過一、兩次奇蹟吧。

我也只好想起身邊的是什麼人。

「……交給我辦吧。」

繆里對我的回答不滿地哼了一聲，我摸摸後頸安撫她。

想到這之後她會怎麼耍任性，我就渾身無力。不過比起就此從地下通道逃跑，無論什麼要求我都願意聽。

「好，那就開始準備吧！過了這麼多年，終於要重執聖務了！來幫我做接受請願的準備。」

為了繼續向前。

為了抵抗命運的擺布。

「黎明樞機閣下——喔不，寇爾。」

亞基涅說：

「謝謝你。」

我只能回答：「還不曉得結果會怎樣呢。」而繆里似乎不喜歡我這麼沒自信，在我小腿肚上輕咬幾口。

終幕

於是大教堂巨大的門扉終於開啟，看在可憐孤兒的份上，向滿門口手拿武器的人們展現神的慈悲……

轉瞬間琴弦一掃，響徹天井。一大堆人圍著吟遊詩人，聽得好不入迷。

不過大教堂平時壞事做得多，不少人懷疑那是罪惡的窟巢，早就被神放棄了。可是，啊啊，就是這個可是……

莎啦啦～

如今在勞茲本走到哪都能見到這樣的戲目，且不管哪個城鎮都差不多吧。我是愈聽愈沒食慾，幸好有個人會幫我吃。

「大哥哥，會涼掉啦。」

「都給妳。」

我將堆滿羊肉的盤子推到繆里面前，她目光燦爛地大口咬下去。

「不用那麼急。我請客，吃不完的啦。」

伊弗笑著這麼說，海蘭直接向黃金羊齒亭的老闆點更多肉，並為朝天井的窗口傳來的詩人歌曲苦笑。

「話說這些戲子也真是不簡單。」

那應該不是在讚嘆吟遊詩人的歌聲，而是他們口中的奇蹟。

「就算是老套的戲碼，換個方式表演也可能像奇蹟一樣。見到那種事，教廷和王國都不敢說些什麼吧。」

伊弗看著繆里說，而繆里毫無反應，繼續啃肉。可能不是裝作沒看見，是真的沒注意到。

「聽說有很多鳥銜著教會的大徽旗從大教堂飛出來是吧？可惜我沒能親眼看到……」

海蘭滿心遺憾地說。

「而且連城裡的野狗跟豬啊雞的都跑來祝福這一幕了耶？路邊雖然多得是訓練動物來表演的人，可是那麼壯觀的我從來沒見過。」

「海蘭殿下，可別忘了我的錢包變得多輕啊。」

事情確如海蘭說的那樣，而事實其實經過了重重包裝。

在最外層的人眼中，是徵稅員為孤兒挺身而出，大教堂也接受了他們的要求，最後在神的祝福之下發生奇蹟。

若翻開一層皮，則是伊弗出錢召集賣藝人演了一齣奇蹟大戲，而這也是含海蘭在內的王族所知的「實情」。這是因為需要隱瞞繆里等人的存在，而且最重要的是表示這不是真的奇蹟。我們仍需要王國對抗教會，協助匡正弊端，如果讓他們因奇蹟而卻步就本末倒置了。

再翻開最後一層，內幕是這樣的。

繆里用野狗召集動物並送信給夏瓏，夏瓏也答應配合這場破天荒的表演，找鳥兒來演出這場奇蹟。

在手持武器火把的眾人面前，一面徽旗從大教堂飛上空中，緊接著亞基涅手拿許可證和克拉克走出教堂，克拉克接過許可證，再交給夏瓏。

除部分當事人外，他們就這麼在全場疑惑之中，強行將整個狀況賦予了新的意義。

請願獲准，神的慈悲得以布施。

其中與王國的恩恩怨怨無關，只有「遵從神之教誨的人本來就該拯救無辜孩童」這麼一個冠冕堂皇的名目聳立在眾人面前。

最後大教堂鳴鐘，一隻白鴿從天而降，停在夏瓏肩上。

不明白究竟發生什麼事的議會兵馬，也因為覺得自己見到了神蹟而下跪拜倒。

又或者只是藉此告訴自己有大事發生，來紓緩混亂的腦袋吧。

「真可惜，這次沒能助長黎明樞機的聲威。」

海蘭半開玩笑地說。

我只是想到方法，沒有出現在那個場合上。

但為了籌促新修道院的營運資金，我還是得幫忙。

「對了，你真的不想接下正職嗎？」

海蘭難過的眼神讓我難以啟齒。

「克拉克和夏瓏他們都很希望你接呢。」

「不了，我的資格還不到。最多只能用接受修道院支援的名義。」

克拉克將成為新修道院的院長，而夏瓏則是孤兒院的院長，兩人都邀我擔任副院長一職。

伊弗和海蘭將以大教堂的許可證為根據，一個提供資金，一個提供土地，但這所夾在王國與教會之間的修道院顯然立場複雜。

為防止有心人利用，他們需要一個拱心石。

而那自然就是黎明樞機這個名字，但我堅決婉謝了副院長之邀。

改用修道院支援我在神學之路上前進的形式。

並承諾送一本聖經俗文譯本給他們代替聖遺物，吸引參拜者捐獻。

同時那也能提昇修道院權威，也會有許多聖職人員到那裡參閱吧。

「況且我覺得在聖經的部分，大家真的是對我太過獎了。王國有很多高階聖職人員在協助翻譯，不是我憑一己之力可以完成的啊。」

「寫出來也要有人看才有用嘛。你的文本在勞茲本不是很受歡迎嗎？」

但那是因為克拉克的推廣……總之，包圍網就這麼關上了。

我大概還要在這裡受一陣子罪了。

「話說回來，時間沒問題嗎？克拉克先生和夏瓏小姐是今天啟程吧？」

「啊，對喔。看她吃肉太好玩，我完全忘了。真是的，希望是容易蓋房子的土地，不然很燒錢的。」

「旅舍等相關建設和門前市場的許可就交給我辦吧。應該會是不錯的收入。」

「我期待您的好消息喔，海蘭殿下。」

伊弗和海蘭的對話還有點棘刺，算不上敞開心胸，但總歸是分工合作地扶持著夏瓏他們的修道院。

「那就把馬車叫過來吧。」

見海蘭起身，伊弗也跟著起身。

「繆里，站起來。」

「沒關係沒關係，愛吃就讓她吃嘛。」

「全都讓她包回去吃吧。」

伊弗和海蘭說得很愉快，我這作哥哥的卻是無比汗顏。

兩人離開房間後我嘆口氣，對繆里說：

「繆里，妳到底在不高興什麼啊？」

從那場風波剛結束時，繆里的心情好得很。

救了夏瓏，事情又圓滿落幕，簡直樂歪了。

但是到了幾天前，她突然生起悶氣。

如果我猜得沒錯，是跟我拒絕修道院副院長一職有關。

「大哥哥大笨蛋。」

她用嘴撕下一塊肉的樣子，讓我有種喉嚨被撕開的感覺，不禁伸手摸摸。繆里咕嚕一聲吞下去，再抓另一塊肉，一邊大把灑上伊弗帶來的大量黑胡椒一邊說：

「那隻臭雞都能和做壞的大哥哥在修道院一起住了耶！為什麼我和大哥哥不行！」

原因果然在這。我別開臉去。

繆里低吼起來，瞪著我啃肉。

答案很簡單。

「修道院是用來禱告和冥思的地方，妳根本就住不下去。」

「為什麼！」

「還問咧。」

我無奈嘆息，拿起手邊的柔軟亞麻布，伸向她的下巴。

「在那裡就不能這樣吃肉嘍，可以嗎？」

繆里大口大口地不停嚼，嘴裡的肉塞到臉都變形了。

我知道她是故意吃成這樣給我看，但那也是她活力的表現。

「再說，就算一起住——」

我一肘拄桌，臉往鄰座的繆里靠。

「也不能結婚。這樣可以嗎？」

繆里瞪著我嚼肉，咕嚕吞下。

嘴唇噘成三角形。

「不可以。可是大哥哥不是為了跟我結婚才拒絕臭雞的邀請吧？」

正確的反駁令我苦笑，坐直起來。

「現在就進入禱告和冥思的地方，對我來說還太早了。而且經過這一次，我深切體會到自己做的事造成了多大的影響，即使不能坐視不管，也應該要再三思考這樣做是不是真的正確。」

沒有任何辯解餘地的教會說得有點道理，利欲燻心的商人說的話也值得考慮。

這世上我需要去學習的事還有太多太多。

「大哥哥大笨蛋。想做正確的事，根本就不用想太多。」

當然，繆里的話也有理。

「有什麼比現在立刻娶我當新娘還正確的事？」

這個頑皮鬼繆里還真是始終如一。

我疲憊地苦笑，馬上被她瞪一眼。

有人遭命運捉弄，有人極力反抗。

我的力量雖然微薄，但一定有些什麼是我能做的。

「不過呢，雖然這次大哥哥沒有魯華叔叔那麼帥，也算是有出到風頭啦。」

繆里扔掉啃得乾乾淨淨的羊骨頭，在盤中敲出清脆的聲響。

「如果大哥哥可以保持下去，我就繼續陪你旅行。」

「明明是妳自己跟來的」這種話絕對不能說。

我攤開手上的亞麻布摺好，按上她的嘴。

「我沒辦法跟妳保證，但是我也很希望可以盡量不要丟臉。」

繆里用理所當然的表情讓我擦完嘴後說：

「那果然還是要我跟著你才行呢。」

吊起的嘴唇下，虎牙閃閃發亮。

助我在這座城的大事中向前邁進的力量，無疑是來自繆里。最後王國與教會暫時化解了大戰一觸即發的緊繃氛圍，夏瓏和亞基涅也能夠坐下來對話了。

而我也不用硬吞只有痛苦的現實。

「就是說啊。」
「是啊。要永遠喔，永～遠喔。」
繆里樂得咯咯笑。
包廂牆上的窗口，傳來詩人的樂曲。
我起身離席，輕輕牽起繆里的手。
「來，要為下一段路作準備了。」
繆里的紅眼睛隨之閃耀，也用力握住我的手，跳下椅子。
「下次也要去東西好吃的城市！」
「我們不是去玩的啦。」
「不是去玩，是去享受人生！」
「這種話又是從哪裡學來的啊……？」
「哼～」
繆里拿出野丫頭的樣子，咧出牙齒對我笑。
毫不懷疑明天也會這麼開心的笑容，讓我不由得跟著她笑。
開了門，我們來到走廊。
往後的路上也必有困難，必有痛苦。

但我覺得自己能夠憨直地跨越一關又一關。

「來吧，大哥哥！往下一個冒險前進！」

畢竟我有個這麼可靠的同伴。

我關上門，和緊緊挽著我手臂的繆里一起走。

將詩人活潑的曲調和吃剩的羊骨留在房裡。

不管這是不是某種暗示，都由它去吧。

後記

傳說中稍微拉一下就會無限延長的截稿日，又被我打破記錄了。感謝各位關照，我是支倉。

其實原本是打算在《狼與辛香料》二十一集之前推出《狼與羊皮紙》第四集，可是覺得原稿有點差強人意，結果幾乎整個改寫。改寫又沒那麼快，就搞點小動作，先把第二十一集的增寫部分生出來交給出版社拖時間了。

雖然因此成功獲得一段時間，但改寫很不容易，眼看又快要開天窗，後記還是在編輯部寫出來的。給各位相關人士添了麻煩，真的很抱歉。

不過我對改寫的結果很滿意！情節明明沒什麼變化，卻只因為調換幾個要素就有這麼大的改變，讓我真的很驚訝。說不定把棄稿傳到網路上給大家比較，也挺有意思。

儘管原稿是這種狀況，《狼與辛香料ＶＲ》也依然在製作當中（還在做喔！）。《狼與羊皮紙》的繆里和寇爾沒有出場，純粹是以繆里的父母羅倫斯和赫蘿為主的ＶＲ動畫。去年底（二〇一八）到今年初這段時間還嘗試募資，獲得熱情支持，真是太感謝了！程式作業和周邊商品的製作還需要一點時間，但我對目前品質感到很滿意，我也非常期待。（註：本ＶＲ動畫已在二〇一九年六月四日上市）

然而我也無法否認這邊的事務壓迫到寫小說的時間而造成拖稿，令人傷透腦筋。而且我還有其他想做的事，真是有夠難搞啊……

看在平成就要結束的份上，我也要拿出鬥志加把勁了！

希望能順利加快《羊皮紙》和《狼辛》出版的腳步，懇請各位繼續支持。

我們下集再見！

文倉凍砂

狼與辛香料 1~21 待續

Kadokawa Fantastic Novels

作者：支倉凍砂　插畫：文倉 十

赫蘿與羅倫斯的旅程後續第四彈！
兩人為女兒展開睽違十多年的長途旅行！

為見女兒一面，溫泉旅館老闆羅倫斯與賢狼赫蘿展開睽違十多年的長途旅行。兩人在旅途中找個城鎮歇腳，沒多久就聽到繆里的傳聞。而且內容和他們所熟知的搗蛋鬼完全相反，竟然有人稱呼她「聖女繆里」——？延續幸福的第四集，開幕！

各 **NT$180~240/HK$50~68**

尼特威能稱霸世界 1~2 待續

Kadokawa Fantastic Novels

作者：百瀨祐一郎　插畫：ヤスダスズヒト

「你這個最年輕欠債王的垃圾男，不要隨便向本小姐搭話好嗎？」

職業「遊人」兼最年輕欠債王霍登，下一項工作是擔任國民偶像的護衛！還以為是輕鬆又好賺的工作，卻被性格惡劣的偶像少女雀兒喜弄得機犬不寧，而且公主梅格以及逼婚美少女堤雅也都被她惹惱到氣瘋，還有屍兵殺過來……到底是哪裡棒透了啦！

各 **NT$230~250/HK$75~83**

別太愛我，孤狼不想開後宮。 1 待續

Kadokawa Fantastic Novels

作者：凪木エコ　插畫：あゆま紗由

「一個人很寂寞？要妳們多管閒事，混帳!!」
孤狼力抗現充相纏，卻越來越受歡迎!?

　　喜歡獨來獨往的高中生姬宮春一，一再遭受現充們打擾他理想的校園生活。面臨校園完美女主角要幫他交朋友，興趣超合得來的冷酷美人纏了上來，個性麻煩的春一主動拆掉旗標，卻莫名獲得盛讚!?彆扭孤狼開外掛的青春戀愛喜劇，堂堂揭開序幕!!

NT$250/HK$83

本田小狼與我 1~2 待續

Kadokawa Fantastic Novels

作者：トネ・コーケン　插畫：博

機車 × 少女
蔚為話題的青春小說獻上第二集！

季節交替，南阿爾卑斯山麓所吹的風日漸變冷。凍僵的手指、難以發動的引擎、令肺部凍結的逆風以及積雪的道路——小熊和同為機車騎士的禮子，一同向季節的考驗挑戰。此時同班同學惠庭椎開始在意起小熊……少女與機車既嚴峻又快樂的冬天即將揭幕！

各 **NT$200/HK$65~67**

重裝武器 1~14 待續

Kadokawa Fantastic Novels

作者：鎌池和馬　插畫：凪良

超級重度虐待狂當長官已經是普遍性的事實！
這次的近未來動作故事一樣要讓主角過得慘兮兮！

「情報同盟」的巡洋戰艦在海濱沙灘上擱淺了。庫溫瑟等人基於國際公約的各種麻煩要求被迫展開救難行動，他們奉命在神童計畫「馬汀尼系列」中的一人，芮絲．馬汀尼．維莫特斯普雷的指揮下與敵國「情報同盟」最新式戰車隊展開合同作戰！

各 **NT$220~320/HK$73~100**

終將成為神話的放學後戰爭 1~7 待續

Kadokawa Fantastic Novels

作者：なめこ印　插畫：よう太

與七大神話的戰鬥邁向新次元，「諸神黃昏篇」開幕！

第三次神話代理戰爭終結了。但是為了找回妹妹天華真正的笑容，雷火的戰鬥還沒有結束。凱特爾神話的阿麗安蘿德提出警告，表示眾神將發動襲擊。「神界」、「聖餐管理機構」，還有雷火的老巢「教會」，三大勢力此刻齊聚一堂！

各 NT$200~250/HK$67~82

廢柴以魔王之姿闖蕩異世界 1~6 待續

Kadokawa Fantastic Novels

作者：藍敦　插畫：桂井よしあき

以魔王之姿在世界橫行無阻！
這次要擺攤參加美食大賽！

凱馮一行人與伊克絲等人道別後，便朝向薩迪斯大陸移動。半路上從歐因克口中得知首都賽耶斯正舉辦豐收節，於是前去一探究竟。當他們在城裡悠閒散步時，蕾斯表示想參加攤販美食大賽，因此決定要親自擺攤參賽——

各 **NT$220/HK$68~75**

七魔劍支配天下 1 待續

Kadokawa Fantastic Novels

作者：宇野朴人　插畫：ミユキルリア

《天鏡的極北之星》宇野朴人新系列作！
2019店員最愛輕小說大賞文庫本部門第1名

春天，名校金伯利魔法學校今年也有新生入學。他們身穿黑色長袍，將白杖與杖劍插在腰間，內心懷抱著驕傲與使命。少年奧利佛也是其中之一，只有那個在腰間插著日本刀的少女和別人不一樣——以命運的魔劍為中心展開的學園幻想故事開幕！

NT$290/HK$97

異世界拷問姫 1~5 待續

作者：綾里惠史　插畫：鵜飼沙樹

Kadokawa Fantastic Novels

櫂人等人面對世界的真相，
選擇的救世之路將充滿血腥！

「我就表示稱讚吧。這樣才是初代『拷問姬』，自甘墜落為罪人的女人啊。」以十四悲劇為始，應該已經迎接結局的故事逼迫所有人做出嚴苛的選擇——在世界以悲劇為食糧前進之際，櫂人、伊莉莎白、小雛、貞德、伊莎貝拉——還有肉販將會如何選擇？

各 NT$200/HK$60~67

喜歡本大爺的竟然就妳一個？ 1~8 待續

Kadokawa Fantastic Novels

作者：駱駝　插畫：ブリキ

「勝利的女神」以活潑公主的樣子出現？
棒球少年與自由奔放少女一起度過了夏天……

「勝利的女神」這種東西，會突然從體育館後面的樹上掉下來耶，還會不客氣地一腳踩進我的內心世界。投手和球隊經理漸漸縮短了彼此之間的距離……應該是這樣，可是有一天，公主突然對我說「再見」，然後就消失了。就先聽我說說這個故事吧。

各 **NT$200~250/HK$60~83**

專業輕小說作家！ 1 待續

Kadokawa Fantastic Novels

作者：望公太　插畫：しらび

輕小說業界檯面下的祕密大公開！
令業界相關人士聞之色變!?

年收2500萬日圓的輕小說作家神陽太，動畫爆死他還是能賺這麼多，但這收入在業界卻不算什麼。陽太常提醒自己要像個「專家」，卻被年僅國高中的有才後輩作家逼得焦急不已，責編又瘋狂退他稿……陽太為了達成野心，今天也要繼續靠寫作賺錢！

NT$220/HK$73

國家圖書館出版品預行編目(CIP)資料

新說 狼與辛香料 狼與羊皮紙 / 支倉凍砂作；吳松諺譯. -- 初版. -- 臺北市：臺灣角川, 2020.01-
面；　公分. -- (Kadokawa fantastic novels)
譯自：新説 狼と香辛料 狼と羊皮紙
ISBN 978-957-743-508-8(第4冊：平裝)

861.57　　108019518

Kadokawa
Fantastic
Novels

新說 狼與辛香料
狼與羊皮紙 4
（原著名：新説 狼と香辛料 狼と羊皮紙Ⅳ）

2020年1月31日　初版第1刷發行

作　者：支倉凍砂
插　畫：文倉十
日版設計：渡辺宏一
譯　者：吳松諺
發行人：岩崎剛人
總經理：楊淑媄
資深總監：許嘉鴻
總編輯：蔡佩芬
編　輯：黎夢萍
美術設計：胡芳銘
印　務：李明修（主任）、張加恩（主任）、張凱棋
發行所：台灣角川股份有限公司
地　址：105台北市光復北路11巷44號5樓
電　話：（02）2747-2433
傳　真：（02）2747-2558
網　址：http://www.kadokawa.com.tw
劃撥帳戶：台灣角川股份有限公司
劃撥帳號：19487412
法律顧問：有澤法律事務所
製　版：巨茂科技印刷有限公司
ISBN：978-957-743-508-8

WOLF & PARCHMENT Vol.4
©Isuna Hasekura 2019
Edited by 電撃文庫
First published in Japan in 2019 by KADOKAWA CORPORATION, Tokyo.
Complex Chinese translation rights arranged with KADOKAWA CORPORATION, Tokyo.